CI VEDIAMO DOPO

M.A. Forcellati

M.A. Forcellati

Ci vediamo Dopo

Chiffons

2022

Tu viens de perdre une aile

À gauche, côté coeur

Ceux qui se la font belle

On ne leur fait pas de fieurs

Bernard Lavilliers, On se cherche tous une mama, 1983

E eu, menos estrangeiro no logar que no momento.

Caetano Veloso, O Estrangeiro, 1988

Ci vediamo dopo.

Pedro Almodóvar, Tutto su mia madre, 1999

INTRO

A trent'anni, ho scoperto di non essere al riparo da nulla. Meglio tardi che mai.

Fino allora, avevo fatto il surf. Sul mondo e su un malinteso entusiasmo, che non era mai mancato all'appello.

Abitavo nella capitale, San Bartolo, dov'ero nato e dove, nel peggiore dei casi, si poteva ricorrere alla fantasia: due milioni di abitanti, un decimo della popolazione nazionale, distribuiti senza convinzione su una superficie di aperta campagna, della quale si trovavano ancora resti, tra un quartiere e l'altro.

Il mio datore di lavoro era la Santajusta Cultura, cooperativa di produzione spettacoli con sede a Namnetes, capoluogo de La Libertad, in un edificio a terrazze strappato al suo infame destino di centro commerciale.

Il primo colpo d'accetta era arrivato con l'apertura di una succursale, della quale nessuno sentiva il bisogno, nella metropoli; nessuno, salvo Alejandro Figueredo, uno dei fondatori, uomo totale e ciò malgrado simpatico, ma compulsivamente alla ricerca di qualcosa di nuovo. Di arcaico ha solo quella malaugurata abitudine di allestire, ogni santa Pasqua, nel parcheggio che mai ha visto passare un carrello della spesa, la rock opera "Jesus Christ Superstar", nella nostra lingua e con interpreti presi dalla vita. Io ho rivestito tutti i ruoli, Maddalena esclusa; e ancora m'insegue, malgrado di tutti abbia passato l'età. Quindici giorni prima delle feste, fuggo in Egitto.

Alejandro è uomo elegante e di voce profonda. Ed era riuscito a convincere il consiglio d'amministrazione; cosa credete, ne avevamo uno anche noi. Ed inaugurato, di lì a poco, il nuovo ufficio, un grande appartamento nei pressi della piazza del mercato per antonomasia. E io dietro.

Ero un bel fenomeno: raccoglitore sotto il braccio, smoking bianco, occhiali da sole e incoscienza: "et vogue la galère". Ne avevamo fatto lo slogan della ditta. La navigazione, pardon, il surf, era scorrevole, con tutti gli inconvenienti del mio caratterino da nevrotico: contratti, orari, prestazioni, rappresentazioni, appuntamenti, consegne, carovane pubblicitarie del Tour de France, teatri tenda... e, una volta al mese, alla base per fare rapporto.

L'egemonia dei gestori nel consiglio d'amministrazione risale a quegli anni. Loro dicono che i dittatori siamo noi. Il conflitto risale al 1981, anno della fondazione: Figueredo e altri soci, preso atto dell'incapacità individuale e collettiva alla tenuta dei libri contabili, allargarono la base sociale fino ad includere Germán Bilardo, amministratore di beni che, neanche fossimo sulla via di Damasco, accettò di riconvertirsi nella Santajusta, con applicazione del collaudato metodo "Bambole, non c'è una lira"; motto che ripeteva con la stessa frequenza di quel leggendario bambino che procurava allarme nel suo villaggio con visioni di lupi. A San Bartolo non gli avevamo mai creduto. Per partito preso.

Né ci commosse l'intimazione di chiudere, giuntaci via cablo una mattina di settembre: l'organo suddetto si era stufato di coprire i nostri scoperti. "E va bene, si torna a Namnetes, che sarà mai?", aveva commentato Figueredo, senz'ombra di risentimento. Ed io, come se niente fosse, con la mano destra scrivevo la lettera di disdetta dei locali, con la sinistra sfogliavo il "Rayo" di Namnetes, quotidiano indipendente, alla ricerca di una nuova casa.

Sarei salito sul patibolo con la stessa noncuranza. Credevo finalmente estinta la mia instabilità sentimentale; niente di male, per carità, se non si accompagnasse ad un atavico masochismo, che manda sempre tutto a capa sotto, come dicono al sud. Da poco avevo incontrato Teo, Teófilo all'anagrafe, sul traghetto di linea Namnetes-San Bartolo, dov'era salito per sbaglio. Oggi penso a lui con fastidio: ricordo le giornate cupe che avrei vissuto in sua presenza. Ma senza sua colpa.

E visto che il salto senza paracadute era ormai la mia specialità, cosa poteva essere, per me, una convocazione d'urgenza a Ferreñafe, nella provincia profonda? Al capezzale di mio nonno, Jean-Paul Geoffroy, come me: presidente, fondatore, deus ex machina della società polisportiva "Alianza Azul Ferreñafe", si accingeva a un lungo ricovero e non era in grado di seguire i suoi affari, che si riducevano ad un unico fenomeno: il club.

Teo diceva che, accettando la reggenza, ho fatto quello che ogni nipote ben nato avrebbe fatto. Mica lo so. Consta che il suddetto nonno vanti almeno altri tre nipoti, altrettanto ben nati, impegnati, e stabiliti in altre città; e almeno tre figli, allora tutti residenti all'estero, ma nel pieno delle loro forze. E allora, perché proprio io?

Boh. Me lo chiedo adesso, ma allora non m'interessava sapere se mi vedesse come suo naturale successore o se, dopo un infruttuoso giro di telefonate, si fosse rassegnato a comporre, dal suo apparecchio a disco, il numero con prefisso della capitale che, per un disguido al momento dell'allaccio, avevo condiviso, per un po', con un convento di domenicani. Col complesso del pessimo figlio di buona famiglia, convinto di aver sempre qualcosa da farmi perdonare, avevo accettato la nomina ad amministratore; il mio ragazzo mi aveva spinto a considerarla una nuova avventura. E sarebbe stata la prima vittima. Ben gli sta.

Constatai l'evaporazione dello spirito avventuroso una mattina di primavera, non più di quattro mesi dopo aver lasciato cadere le mie valige su una strada sterrata, all´estremo est del sedicente Golfo. Avevo letto su un non meglio specificato stampato il nome "Jean-Paul Geoffroy", seguito dalla località "Ferreñafe".

"Ma come, Ferreñafe?" pensai "C'è un errore!". Stavo per aggiungere "Lei non sa chi sono io!", ma la presa di coscienza era già sul posto, implacabile. Jean-Paul Geoffroy. A Ferreñafe. Tanto stridente quanto inconfutabile. Nessun bisogno di specchi per valutare l'estensione del disastro.

E' una sensazione che mi prende ancora e non necessariamente nei momenti difficili. Anche adesso, seduto nel mio studio, dove mi sono rifugiato per scrivere con calma, non lo considero un buon inizio. Un inizio. Basta.

Che mi ha consentito di evolvermi. E di incontrare Carlos Haya Villadáliga, per alcuni amici Don Mario. Se n'è andato qualche tempo fa. Non avevo mai pensato alla sua assenza. Non l'avevo mai neppure prevista. Pur sapendo, da vent'anni ormai, di non essere al riparo da nulla.

CAPITOLO PRIMO

Era trascorso, ormai, un anno e mezzo da quando mi ero stabilito a Ferreñafe. Senza motivo apparente, pensavo. Non ho cambiato idea.

Ufficialmente, ero in loco per occuparmi degli affari di mio nonno, del quale portavo il nome: Jean-Paul Geoffroy. Era fondatore e presidente della polisportiva Alianza Ferreñafe, dai *giocondi color* bianco e blu di Francia; la quale, privata del leader, aveva perso anche l'orientamento.

La sua musa ispiratrice era il barone de Coubertin; almeno, nei suoi aspetti migliori. Quando non era all'ospedale, vegliava sui campi sportivi dal suo ufficio, al terzo piano di un capolavoro della scuola Tetrabrik, corrente architettonica che, da sessant'anni, trionfa nelle nostre periferie: la sede, due parallelepipedi attaccati, uno di tre piani, l'altro di due, non dissimili dai piccoli condomini circostanti, nel quartiere di Campo del Oro.

Alle suddette caratteristiche, comuni a tutto l'Arcipelago, si aggiungono quelle proprie del Tetrabrik locale: intonaco a giorno, secondo alcuni indice di senso pratico, secondo altri di tirare a campare; e assenza di ascensori. L'anno scorso, in considerazione dell'età del presidente, ci siamo decisi ad appicciarne uno sul lato nord. Amsterdam sarà pure una città senza tendine, Ferreñafe è una città senza ascensori.

Adesso ci scherzo su. Eppure stono. Raccontando, resuscito quel tempo polveroso, vischioso, quel paesaggio senza speranza, il mio chiudermi in casa per recarmi nel brik, e dintorni, solo in caso di necessità.

Non sono mai stato un nostalgico. Tutti i luoghi nei quali ho vissuto, o brevemente soggiornato, mi sembrano egualmente raggiungibili. Ma, così confinato, non ci pensavo nemmeno. Nessun desiderio, né di restare sul posto, né di andare altrove.

Per mia fortuna, non ero del tutto inerte. E mi dedicavo, almeno fino ad esaurimento, ad esplorare i dintorni. Un giorno, mi ero ritrovato in uno sterminato locale sui bastioni: gli studi di Radio Ferreñafe NP4TD, l'impresa riuscita di Leonardo Gracias e Federico Forcellini, miei compagni al *centro educativo particular* Henri IV, niente a che vedere con l'omonimo liceo di Parigi e poca Liberté-Egalité-Fraternité. Ma ci eravamo divertiti lo stesso.

Ci avevano chiamato, perfino, "il trio dinamico"; e radiodipendente, mentre i nostri concittadini cominciavano ad incollarsi alla TV; questo avrebbe cronicizzato, almeno per quel che mi concerne, i problemi di comunicazione che, già allora, pativo.

Avrei dovuto esserci anch'io, nel loro progetto. Ma mi ero iscritto alla facoltà di Legge di Namnetes, *the one and only*. Nel frattempo, Fred continuava a scrivere e una stazione della capitale, vagamente di sinistra, aveva corso il rischio di affidare a Leonardo mezz'ora di satira, il sabato mattina.

E poi le strade si incrociano: io mi trasferisco nella capitale, con la Santajusta, Leonardo e Fred si ritrovano e insieme fondano Radio Ferreñafe NP4TD; la sigla sta per "No Prayer For The Dying". La cittaduzza è la moribonda in questione. Non l'ha mai capito. E neanche gli Iron Maiden.

Dopo la prima visita da confinato, continuavo ad ascoltare i loro programmi, molto al disopra della media nazionale, ma non li cercavo. Mi sentivo il peso, il terzo incomodo. Fa niente, aveva deciso Leonardo, m'impongo io; in quei giorni, Fred intraprendeva il primo di quei "viaggi d'ispirazione in Francia", la cui frequenza, negli ultimi anni, ha costituito casus belli.

Non ricordo chi attaccò la litania "Ricomincia a stare nel mondo"; forse lui. Forse Marcelo Chacha, un mio coetaneo, vice di sua sorella Sandra, la dirigente della sezione ciclismo, che avrebbe, unica in tutto l'Arcipelago, lanciato il grido di guerra: "O noi, o il Doping!". Forse il più anziano dei corridori, Diego Figueroa.

Costoro avevano intrapreso l'asfissiante missione di salvare il soldato Geoffroy, che non mostrava alcuna riconoscenza e sfoderava i lati peggiori del suo carattere: orgoglioso, piagnone, i miei figli dicono "piscione", negativo e demolitore; tanto che, per non ascoltarmi, Diego mi portava in allenamento con sé: lo sforzo mi impediva ogni ragionamento. Leonardo ci seguiva su un Solex, motorino a pedali, pezzo d'antiquariato.

Marcelo è una specie di Clark Kent, molto lento di riflessi e molto amato. Già allora vantava una lista di impegni da far impallidire i nostri più oberati fazenderos: avvocato, attivista dell'Alianza, presidente del comitato genitori dell'Henri IV. Ma quello che gli piaceva di più, o meglio, quello per cui, più spesso, ho visto il suo volto imperturbabile colorarsi di un leggero entusiasmo, era la presidenza del comitato di quartiere Héroes-Campo del Oro, che si riuniva in un'antica casa colonica nel settore più squallido della frazione, quello che era emerso per primo: casette basse, due piani al massimo, polverose, con giardinetti rachitici, diserbati od incolti, sul davanti, rete metallica sulle linee di confine. E tutte intorno alla casona bianca, alla quale qualcuno, forse lui stesso, che si vergognava di certe performance, aveva aggiunto, a pennello, decorazioni azzurre.

I comitati di quartiere sono stati aboliti; e le porte e le finestre del nostro murate, perché Marcelo si era messo a fare lo squatter e a celebrare ugualmente le riunioni. In autogestione, ma lui non direbbe così. E non sia mai che i cittadini smettano di fissare lo schermo piatto per discutere tra di loro!

Con la stessa determinazione si dedicò ad incoraggiarmi. E a fare il mio lavoro all'Alianza, oltre al suo.

Una volta mi scappò che, a Namnetes, oltre ad impiegarmi nella Santajusta, mi ero laureato in diritto costituzionale. E che, a San Bartolo, la capitale, tra una produzione e l'altra, un legale irresponsabile mi aveva ingaggiato come praticante. Indi, quattro anni dopo, una commissione non meno autolesionista mi aveva elargito il titolo professionale.

Senza esitare, quella stessa afosa mattina di luglio, Marcelo mi condusse, manu militari, fin dentro al Palazzo di Giustizia, per l'unico motivo che "può sempre servireeee", come diceva con la sua voce strascicata. Qui pretese ed ottenne che mi iscrivessi all'*Excelentísimo Colegio de Abogados de Ferreñafe*. Io firmavo per farlo contento, ignorando o fingendo di ignorare che, grazie a lui, cominciavo di nuovo.

In attesa di trovare un ennesimo cranioleso disposto a farmi lavorare nel suo studio, per beffare l'insonnia, prima dell'alba, mi alzavo, prendevo la bicicletta e mi avviavo sulla litoranea, lungo tutto il sedicente Golfo di Ferreñafe.

La notte non era mai veramente notte. Era un'oscurità giallognola, fetente come l'aria, nella quale m'immergevo perché non c'era alternativa, evitando di prenderne atto, evitando di porre mente agli opifici in rovina e alla statale inanimata, dai bordi trascurati, erbacce marce prima ancora di nascere, mare nero e oleoso anche di giorno. Entravo in città, e mantenevo i paraocchi su tutti quelli che sarebbero diventati i miei luoghi: l'Henri IV, Plaza de los Héroes, la libreria Fleur de Lys, il Don Mario.

Paseo de la República, i bastioni del porto. Il mio posto segreto, che non era ancora tale. E un altro tratto di strada, di nuovo giallognolo, appiccicoso ed incolto, all'estremo del quale, poco prima del dietrofront, sulla sinistra, un chiosco di giornali, dove facevo il pieno, cominciando col chiedere "Hoy", l'unico settimanale che mi sia mai degnato di leggere, oggi fallito.

Me lo porgeva un ragazzo bruno, che al terzo incontro antelucano aveva brontolato, scettico, pensieroso: "Ma chi te lo fa fare?". Alla mia stretta di spalle avrebbe risposto la settimana dopo, offrendo di mettermi da parte il pacco di giornali. "Così non devi alzarti così presto". Fu in quel momento che, alzando la testa, notai il suo sguardo. Da solo, compensava tutto lo squallore della provincia. E avrete capito che non è poco.

Era Julio, nell'edicola di suo padre. Che fosse anche Julio Bénédan, "il ciclista che tutto il mondo ce lo invidia", cito la stampa specializzata, ma che, chissà perché, correva per una squadra straniera, me lo disse Diego, che ogni tanto, in allenamento, lo incontrava. E che si arrogò il ruolo di paraninfo.

E, quando meno me l'aspettavo, mentre ansimavo sulle pur accessibili colline dei dintorni, seguito da Leonardo, pioniere della pedalata assistita, sentivo che un quarto personaggio si affiancava a me, per il puro gusto di fare il cretino. Non ci ero abituato. E quando ci ripensavo, provavo piacere.

Passato forse un mese, Marcelo mi diede appuntamento in Plaza de Armas: "litigo col sindaco, poi andiamo a ritirare il tuo tesserino di avvocato, che è pronto".

Mi sedetti ad aspettarlo di fronte al municipio, sui gradini del portico di un'antica fontana, come incollata col mastice ad un recente condominio. E questa è l'accozzaglia paesaggistica del centro storico. Figuratevi la periferia.

Alle dodici e trenta precise, ora di pranzo irrinunciabile per i locali, Marcelo usciva dal municipio con la faccia di chi è stato sbrigativamente congedato; con sollievo, mi calai dai gradini. E mi trovai naso a naso con un distinto cittadino di mezz'età, capelli grigi, un po' spento, appena arrivato, sgommando, su una massiccia auto metallizzata.

Mi osservò perplesso, per la prima di una lunga serie di volte; e proseguì verso il cancello della palazzina.

"Quello è uno dei nostri" commentò il mio coach, ammirato "Carlos Haya Villadáliga".

Uno dei nostri che? Avvocato? Vicino? Compagno di Partito? Compresi gettando uno sguardo distratto all'imponente vettura: un ombrello ufficiale dell'Alianza arredava il vano lunotto, sebbene non piovesse da tre mesi e il caldo ci stesse conducendo lentamente all'abbrutimento. Forse, quel lord trovava cafone attaccare un adesivo sul cofano. Anch'io.

E dato che, con Marcelo, mi permettevo parecchie libertà, come, ad esempio, sfogliare a sbafo la sua copia de "La Vanguardia", avrei appreso che era dei nostri anche per un altro motivo: il vizio dello ius, che si esprimeva, sul giornale benpensante, in brevi osservazioni, indignate o sconfortate, sulla decadenza del nostro ordinamento. E non eravamo ancora al DASPO urbano.

Entrai subito nel suo fans club non autorizzato, del quale faceva parte mezza Alianza, nonché Sanjuán, il nostro campione di rugby, che aveva lasciato l'isola mesi prima; e si era arruolato nel Portus Namnetes, al solo scopo di laurearsi nella locale facoltà di diritto, dopo avergli chiesto consiglio.

Passai l'estate nel desiderio di Julio, che mi ostinavo a cercare nel peloton, seduto sul divano della saletta dei trofei e del televisore sociale, ancora con Marcelo; abbandonati dalla squadra di ciclismo, come bagagli sospetti su un binario, ci consolavamo guardando insieme, ogni pomeriggio, la tappa del Tour de France.

Non avevamo compagnia. Metà degli sportivi stava per tornare dalle vacanze, l'altra metà era in giro per il mondo a fare gare. Ogni tanto Inma, l'impiegata, si lasciava cadere sul bracciolo del divano. Una bella mora, che il mio amico, da buon democristiano, neanche guardava. E lei, di lui, neanche si accorgeva. Ma forse sono io, l'obsédé.

Mio nonno aveva fondato una polisportiva dove i soci potessero dedicarsi alla loro disciplina preferita, come lui al tennis, alle stesse condizioni dei professionisti. E c'era una piscina a loro riservata. Dove Carlos Haya Villadáliga nuotava, ogni mattina festiva, dalle nove alle undici, fedele a un suo rigidissimo *emploi du temps*.

Col passare degli anni, Marcelo ed io abbiamo acquisito, nell'Alianza, una solida nomea di masochisti. Agli inizi, lo eravamo ancor di più. E il giorno della tappa dell'Alpe d'Huez, ci eravamo dati appuntamento in sede per seguire la telecronaca fiume fin dall'inizio, alle dieci. Entrando, nel parcheggio, notai l'auto metallizzata con l'ombrello bianco e blu. Trovai il conducente in acqua, che nuotava con un certo stile.   Non so perché, forse per pregiudizio, mi aspettavo che portasse una cuffia, o una retina, o il costume lungo Primo Novecento. E tuttavia, prendendo il vialetto che portava agli uffici, pensai "Che fenomeno!" e fu l'ultima proposizione intelligibile: nello stesso istante, un'ondata violenta mi sospinse contro la siepe di pyracantha. Sempre meglio del pitosforo. Odio il pitosforo.

Riemerso, ma sotto choc, collegai l'onda d'urto alle bracciate dell'intellettuale; poi misi a fuoco tre energumeni, due uomini e una donna, d'aspetto deprivato ma in fumo di Londra, era il 12 luglio, che si precipitavano sulla vasca come se, cosparsi di benzina, qualcuno li inseguisse con un cerino acceso. Villadáliga continuava a nuotare, incazzato: le bracciate si erano fatte più rapide e più secche.

"Ahia!" Qualcuno mi passava dell'alcool sul braccio sinistro, che scoprii in pessime condizioni: le spine della pyracantha. Era Inma. Marcelo era passato dal masochista al sadico e, dietro di lei, sghignazzava.

- Sei appena sopravvissuto alla carica dei tre zerbini. - Accennò col mento al nuotatore - Arrivano esattamente un quarto d'ora dopo di lui. Hanno chiesto la tessera solo per entrare nelle sue grazie. Pensa che non sanno neanche chi è il nostro terzino destro. -

- Non ce l'abbiamo, il terzino destro - e neanche la squadra di calcio. Veto del nonno al momento della costituzione.

- Appunto.

Marcelo continuava a sghignazzare. Ma la ragazza era un'autentica fedele alla linea. E nessun aspirante socio sfuggiva ai suoi test e domande trabocchetto. - E Don Geoffroy non apprezzerebbe quello che dicono di Haya quando si allontana: né la forma né il contenuto.

Oggi sarei meno stupito, e meno indignato. Ma non più indulgente. Sceso dalla nuvoletta della Santajusta, mi sarebbe toccata in sorte, come a tutti, una lunga e mai esaurita teoria di figuri che s'impegnano, per motivi chiari soltanto a loro, a mettere cacofonia nella vita altrui. Ho un orecchio molto sensibile, ma ormai mi sono abituato, come ci si abitua, dopo un po', all'antifurto del vicino che continua ad accendersi per errore.

Ma quella volta organizzammo una vera missione diplomatica. Non potevamo permettere che Uno dei Nostri, in piscina di mattina presto per stare un po' tranquillo, subisse l'assalto delle mosche tsè tsè. Sandra Chacha ci procurò un appuntamento con il dirigente della sezione nuoto, non si diceva ancora manager, che, mosso a pietà e grande ammiratore di Carlos, gli concesse, in segreto, il privilegio di usare la piscina degli atleti, dalla parte opposta della tenuta, in loro assenza. E siccome il lord non era uomo da privilegi, dovemmo portarlo di peso, la prima volta.

Da dietro la pyracantha, neanche fossimo corrispondenti

della redazione natura del National Geographic, osservammo per un po' le reazioni delle tre tinche. Il fine settimana successivo girarono, sconsolate, lungo il bordo della vasca. Poi emigrarono verso altri bacini, né mai più sollecitarono le tessere che Inma, una scusa dietro l'altra, aveva congelato. La donna, mi dicono, era La Gringa, ma io non ci feci caso. Allora vedevo solo Julio, malgrado portassi con me, come porto tuttora, fama di casinista e plurimi fantasmi.

E finalmente, Julio tornò, carico di gadgets e veri trofei del Tour; e un po' malinconico. Cominciammo a uscire insieme, per l'entusiasmo di Leonardo e Diego e a riunirci tutti nella casa in collina del nonno, nei rari giorni senza corse.

Seduto sotto la pergola, con Diego che pedalava e ripedalava lungo il sentiero di sotto, aspettavo che il mio ragazzo, spingendo la bicicletta, apparisse al cancello. Non era ancora, né mai sarebbe stato, il *porvenir dorado*. Ma era una leggera fiducia, quella che provavo. Pronta a cedere all'amarezza, d'accordo. Ma c'era.

Habla el pueblo: Habla Figueredo.

Dovevano passare più di due anni prima che io e Geoffroy ci ritrovassimo, e rivedessimo San Bartolo.

Ci eravamo lasciati sul ciglio di una delle arterie della capitale, fuori da un albergo come se ne trovano ancora oggi, in centro e in periferia: caro, squallido, ostello senza la freschezza degli ostelli. Si dice, per consolazione, che il bello è dappertutto, ma anche il brutto, persino a San Bartolo, come constatammo quella notte e la mattina dopo.

Fine di un'avventura: chiudevamo la succursale della Santajusta Cultura, produzioni culturali, appunto, in cooperativa, since 1980. Avrebbe dovuto esserci anche lui, senza la malattia di suo nonno, che gli imponeva Ferreñafe. Nella quale non metteva piede da anni.

Avenida Colón trafficata, un cofano che sbatte. Ognuno per la sua strada.

Non era stato facile, neanche per me. Dice che, i primi tempi in quel quartiere, pensava di essere al confino. Ma anche per me la sede di Namnetes era una costrizione; e dovevo restarci, finché non avessi salvato la casa madre della quale, scusate il bisticcio, ero il padre.

La prima trasferta dopo la chiusura era stata proprio nell'isola del leguleio.

Si, lo chiamo così e posso farlo solo io. Non per niente, ero presente al suo esame di laurea, dopo averlo sentito farneticare per almeno due anni, mentre lavorava per pagarsi gli studi, di Costituzione e Defensor del Pueblo, il tema che aveva discusso. E sono stato testimone del suo esame di abilitazione, con Sissi, con la quale ha fatto due bei ragazzi, il suo dominus, e alcuni compagni di studi.

Ero andato a trovarlo, prima di raggiungere quella che oggi si chiama la "location" e allora era "la stupenda cornice". Ci ero rimasto molto male. Era un Geoffroy congelato, posseduto dagli alieni, avrei scherzato, se dopo cinque minuti non mi fosse passata la voglia; oscillava tra lo stato catatonico e l'entusiasmo forzato, mentre mi faceva strada in un appartamento che non si era dato la pena di sistemare in qualche modo, con tutte le sue cose, ordinate forse, ma disposte come se non fossero sue. Come se si trovasse nella camera di un motel. Ma riconoscevo quelle cianfrusaglie. E gli alieni non avevano nessuna colpa. Era proprio lui. Oggi lo sa. E teme ancora quel sé stesso.

Sconfortato, mi ero allontanato a tutta velocità; col pretesto del lavoro, che tanto pretesto non era, decisi di non vederlo più.

Più di un anno dopo, il nostro *contabilista*, Roberto Quirma, ancora mi chiedo come ci sia riuscito, entrò in contatto con una produzione canadese di telefilm in costume, che aveva scelto come scenario San Bartolo, che abbonda, com'è noto, di chiese barocche e di verande lignee, oltre a costare molto meno delle molte altre capitali coloniali. E che cercava un'équipe locale. Mi portai volontario per le trattative, mentre i puristi, o integralisti che dir si voglia, della cooperativa, dicevano di preferire il fallimento alla televisione.

"Andranno in onda in Canada, non lo saprà nessuno!",

lanciai ai soci, dalla passerella del traghetto per San Bartolo; mia moglie, Sofia, mi precedeva. È molto più lucida di me, lo sa e ne fa un argomento per affermare la superiorità delle donne sugli uomini.

La noia delle lunghe ore di piccolo cabotaggio mi fece notare, davanti ai nostri sedili, un giornale derelitto, giallognolo. Dunque sportivo. Io e lo sport non ci parliamo dall'ultima ora di ginnastica dell'ultimo anno di secondaria e non ci guardiamo, neanche in televisione. Ma il titolo sull'Alianza m'incuriosì.

Fu l'occasione per farmi una cultura sul Giro dell'Isola di San Bartolo, la cui ultima tappa si sarebbe corsa l'indomani, con arrivo sul grande viale dedicato al padre della patria, nel quartiere Palacio de Gobierno, tutto marmi e futurismo; in centro, l'antica Plaza de Armas attendeva di essere riscoperta dai canadesi.

C'erano due classifiche: una individuale: il leader era tale Julio Bénédan, che avrei conosciuto molto meglio, e molto più da vicino, qualche anno più tardi. E una per squadre: la prima era l'Alianza. Nello staff c'era anche Geoffroy.

Sofia decretò che saremmo andati a salutarlo. L'impresa si sarebbe rivelata più ardua di quello che credevamo.

Il leguleio, antico tifoso di calcio, mi aveva raccontato di una triste caccia all'autografo sul campo degli allenamenti della sua squadra, e di un incontro con la nazionale di calcio al quale suo padre lo aveva portato, appena arrivato a Parigi, e di come era stato trattato come un pericolo pubblico, o come un pellegrino, quando aveva tentato di avvicinare qualcuno dei semidei della pelota. Credevo fosse il suo complesso di Calimero.

E invece no, visto che ripetemmo la sua esperienza, fuori da uno spazio transennato e cartonato, chiamato pomposamente il villaggio della corsa. Il mondo dello sport era molto, ma molto meno accessibile di quello dello spettacolo. Impossibile entrare. Impossibile trasmettere un messaggio al mio amico, scritto su un biglietto da visita; il buttafuori, senza neanche guardarci, scosse la testa. Ci allontanammo, temendo che fosse armato.

Ma mia moglie, in casi del genere, non si arrende. Ne va del suo status di cittadina.

E tirò dritto per un paio di chilometri, fino all'agglomerato di pullman delle squadre, incustoditi, che avevamo notato arrivando. "Basta trovare quello dell'Alianza, ci saranno sopra i colori sociali". Alla mia allergia allo sport si aggiungeva il terrore di trovare il mio antico compagno di lavoro trasformato in uno sportivo.

Individuammo il torpedone nel piazzale di un grande ufficio postale. Poco prima ci aveva sorpassato, e si affiancava al portellone del conducente, un ciclista di un'altra squadra, vestito di un'insopportabile tutina gialla. "È il vincitore". Ah.

In quel momento, Geoffroy saltava giù, senza uniforme, in jeans e camicia e con un sorriso che rivelava tutto sulla persona che stringeva a sé come se non contasse più di vederla per l'eternità.

La faccia tosta di Sofia era evaporata: adesso suggeriva di tornare in un altro momento, tirandomi leggermente per un braccio. Ma m'impuntai: era molto più sano di come lo avevo lasciato; e, più rapido di ogni pensiero mi uscì l'insulto che mi aveva insegnato lui:

-Obsédé!

Riconosco che, come segnali convenzionali, c'è di meglio.

Fu ancora più contento. Tratteneva per un braccio il suo amante, un ragazzo sicuro di sé, ma che cercava conferme in Geoffroy; lui, non sempre se ne accorgeva e qualche volta se ne serviva, ma solo per scherzo; lo avrei saputo frequentando, molti anni dopo, il fumettaro Julio Bénédan, esiliato a Namnetes.

Passammo molto tempo a chiacchierare, mentre i ciclisti arrivavano e sedevano sul pullman, e finché la squadra di Julio non decise di riprenderselo.

No, non era più quello della Santajusta, ma neanche quello dei primi mesi a Ferreñafe. Si era fatto dirigente, produttore, prego, della squadra, per amore e perché lì aveva incontrato i suoi primi amici, come quel Diego, che gli faceva da coach.

Non mi dispiaceva, quel residuato bellico, anche senza quella lieve stonatura, come una bella voce con un filetto metallico.

"Che facciamo, lo buttiamo?" "Eh, no, eh!", concordammo io e Sofia, allontanandoci di malavoglia, per raggiungere i produttori stranieri.

CAPITOLO SECONDO

A metà del terzo inverno nella provincia profonda, ero ancora un piscione, incapace di affrontare i giorni tetri e gli ambienti muffi. Dedicavo all'Alianza una visita settimanale, massimo due, come ad un anziano parente ricoverato. A parte i miei accoliti vecchi e nuovi, avevo un'abilità innegabile nell'introdurmi nei circoli più insulsi che potessi incontrare; ed essendo convinto, malgrado gli ammonimenti del nonno, di essere al mondo per evangelizzare i selvaggi, non mi limitavo ad annusare l'atmosfera e a scappare, ma restavo fino allo scontro. Dal quale qualcuno, di solito Diego, mi trascinava via, per i capelli, all'ultimo momento.

Estenuato, mi chiudevo in casa a scrivere. E doveva andarmi piuttosto bene. Almeno su questo, Fred e Leonardo convenivano; ma alla radio avevano già smesso di andare d'accordo.

Fred, altro pessimo figlio di buona famiglia, faceva pubblicare i miei raccontini su un giornale universitario; i suoi genitori mi fermavano per strada e mi sommergevano di elogi.

Marcelo e tutti i transeunti di Campo del Oro, invece, dopo un paio di udienze in sostituzione, mi vedevano già come un tenore del foro, nonché dirigente dell'Alianza; e ci voleva davvero molta fantasia.

Mi ero procurato due fans club, ancora oggi rivali e inconciliabili; e non voglio chiudere nessuno dei due. Se si chiamano supporters, qualche motivo ci sarà.

Carlos Haya Villadáliga scelse proprio un giorno tetro, non ricordo se uscivo da un ambiente muffo, per venirmi a cercare. Da tempo avrei dovuto portargli i saluti del nonno, se lo avessi visto in sede, ma facevo di tutto per evitarlo, da quel tizietto complessato che ero.

Abitavo ad Ate, località con pretese residenziali e

municipali molto lontane dalla realtà, dove qualcuno del club, forse lo stesso nonno, mi aveva trovato un appartamento semi-ammobiliato. Una quarantina di metri quadri male illuminati, quel pomeriggio accecati da un'inquietante lampada alogena che, pochi giorni dopo il mio arrivo, tanto per convincermi della catastrofe, aveva svolto le funzioni di lampada anti-insetti, cremando un moscone. Me ne vergognavo persino con Julio, che assumeva una posa rigida e viriloide, per mascherare la sua delusione, quando gli vietavo di venire a trovarmi.

Mi sentivo pesante, fuori posto, quel pomeriggio. Non mi capita più, adesso; e non solo perché sono diventato un tecnocrate modello, che a pranzo mangia solo due foglie di rucola, seduto alla scrivania dello studio. Mi faceva compagnia quello che, da quando ero arrivato, era il mio pensiero dominante e oggi è solo ricorrente: "A quoi bon?". Giuro che non avevo ancora letto "Madame Bovary".

E travolgeva tutto: l'Alianza, Ferreñafe, Campo Del Oro, neanche a dirlo Julio... Finché il suono del campanello, evento raro, non mi riscosse.

Nemmeno l'Haya che mi trovai davanti era un campione di entusiasmo. Lo avrei visto indicare la porta ad un cortigiano di professione, con lo stesso sguardo. Una mano in tasca, il gomito minaccioso.

- Posso entrare?

Certo, che domande... gli feci largo con solennità ed aspettai che si sedesse, prima di tornare dietro al tavolo e lasciare che mi studiasse con il consueto sospetto autoctono. Piuttosto bene imitato, ma allora non lo sapevo. Una legittima difesa. Preventiva.

- Suo nonno mi stava aiutando a scrivere uno studio: l'ordinamento dello stato e quello dello sport. Non credo gliene abbia parlato.

Scossi la testa.

-E nemmeno di Plaza de los Héroes.

Ben non... tutto quello che ne sapevo era che ci andavo a fare l'amore con Julio, dopo averlo baciato, per la prima volta, sotto uno di quei platani. Platani?

-Non la trova diversa? Non le ricorda la Francia? - Quasi

spazientito di trovarsi di fronte a un ciuco come me.

Eureka.

Mio nonno è nato a Pontoise. A Parigi si dice "vado a Pontoise", per dire che non si va da nessuna parte, i soliti snob. Ultimogenito di una famiglia di artigiani, bottai o *bottiers*, era di destra e faceva la Resistenza. Era saltato sull'ultima nave per sbarcare a Ferreñafe, che mi diverto ad immaginare, negli anni '40, come una specie di villaggio messicano dei fumetti: desertico, tre case, due cactus, qualche serpente a sonagli notturno, sia detto senza malizia.

Ma doveva esserci anche un campo da tennis, visto che quel Jean-Paul Geoffroy, a ventun anni, si era permesso il lusso di vincere un torneo internazionale, non del grande slam, ma poco lontano: il miglior sistema per diventare cittadino. "Fate sport!", dico sempre ai miei delinquentelli clandestini.

Passava per parigino, di quei quartieri, Auteuil, Passy, dove avrei abitato con mio padre, molto tempo dopo. Ma era troppo civile per lasciarlo credere, orgoglioso della sua identità, dei suoi punti fermi: la politesse, il neminem laedere; e aveva una cattedrale nella testa. L'avrebbe costruita, con due o tre altri prodi.

Avevo conosciuto Pontoise a venticinque anni, mentre nell'Arcipelago era in corso un tentativo di colpo di stato, l'ultimo della nostra storia. Mio padre, Paul-Henri, faceva il giornalista a Parigi e viveva in una casetta nei dintorni, a Sannois: era vicino di Cyrano de Bergerac. Nientedimeno.

All'annuncio del putsch, si era esageratamente preoccupato per me, e mi aveva costretto a raggiungerlo; io mi trovavo a Namnetes e preparavo in tutta tranquillità l'esame di laurea, fissato, per la cronaca, al 14 luglio. A parte il 1789, nella mia vita ci sono almeno tre Prese della Bastiglia significative.

Scampato il pericolo, mi aveva proposto un periplo alla ricerca delle nostre origini: una banale pedalata fuori porta. A quei tempi, anche andare a comprare il pane in bicicletta, nel gergo di quella che un giorno si sarebbe chiamata la comunicazione, diventava il Camel Trophy.

Col suo fare Paris-Dakar-rasoio-bilama, ma senza mappa

e senza bussola, ci eravamo addentrati per strade secondarie e itinerari bis, quelli che un tempo il ministero dei trasporti suggeriva per scremare le autostrade; e ci avevamo messo più di un'ora. Con annesso sfottò: aveva il doppio dei miei anni ma più fiato di me. Né lui, né il nonno si perdoneranno mai di aver generato dei sedentari.

Mi sembra che fossimo scesi in quella piazza da un bastione, come quello del porto di Ferreñafe, ma la memoria è quella che è. L'immancabile rettangolo di cemento, due o quattro file di platani, forse delle panchine. Una bottega di artigiano di categoria incerta; quella del bisnonno? Neanche di questo mio padre era sicuro.

- Ho capito: Pontoise.

Carlos mi raccontò, alfine, un fatto del quale era stato l'unico testimone. E ci teneva a sottolinearlo.

Il nonno detestava quell'assetto del territorio, con particolare desolazione per la fettuccia Campo del Oro - Ferreñafe, e quello sterrato al quale il glorioso Lycée Henri IV sembrava mostrare le terga. Aveva deciso di rimediare di persona, da solo, in una notte.

Ancora meglio del sindaco di Curitiba, del quale io e Paul-Henri eravamo fans: aveva gettato il cemento, piantato gli alberi, montato le panchine. E il *terrain vague* era diventato Plaza de los Héroes.

Quando? Nel '63 o '64. Nessuno se n'era accorto. Dieci anni dopo, l'ufficio tecnico del comune, con mio zio Bernardino all'attivo, l'aveva censita. Anche la targa, di latta bianca e blu, era opera di Jean-Paul Geoffroy I; e ancora resiste, sulla facciata della libreria, in alto. Héroes, e basta: forse pensava che i suoi concittadini ne avessero bisogno. Glielo avrei chiesto.

- Non dica niente. È un segreto.

Obbedisco.

Era ancora studente, Carlos. Stava provando l'auto di un amico, ed aveva sbagliato la svolta per rientrare in centro. Credeva di finire in mezzo al fango. Invece c'era il nonno che fissava le panchine e che, vedendolo scendere, gli intimava di non parlarne con nessuno.

- E fino ad oggi ho mantenuto l'impegno. Suo nonno non teme nessun ostacolo.

E sai che novità. Il sottinteso, avrei capito poi, era "mi aspetto altrettanto da lei".

Si decise, senza troppa convinzione, a dirmi quello che gli passava per la testa. Nel suo opus voleva mettere a confronto due ordinamenti giuridici: La Repubblica, e relativa costituzione democratica; l'Alianza, e relativo statuto. E come, in concreto, i due regolamenti venivano applicati; qual era, insomma, la Costituzione materiale, tangibile, di fatto, di ognuno.

-Vincerà l'Alianza. Non c'è partita. - con l'esilio, avevo anche smesso di credere nelle possibilità della locale democrazia.

-Staremo a vedere. - mi rimproverò -Accetta di aiutarmi?

In compenso, non ero ancora il guardingo borghese attuale. Assentii vigorosamente e lui sorrise. Sapevo ancora provocare il sorriso di qualcuno. Rassicurante.

Appuntamento all'indomani, in sede. Lo salutai, sulla porta di casa, diviso tra entusiasmo e diffidenza. E, immediatamente, mi venne da prendere la bicicletta per andare da Julio.

Mentre agganciavo la catena al platano più vicino, uscì dalla libreria; notò la mia ansia e mormorò, abbracciandomi, che seppellirsi in casa è molto più facile che uscirne.

L'indomani, mi recai presto in sede: volevo sapere. E nel 1996 la tecnologia non ci era ancora d'aiuto. Oggi ci connetteremmo, comporremmo "Carlos Haya Villadáliga" nell'apposita finestrella ed avremmo l'illusione dell'onniscienza. Ieri l'ho fatto. Sono venuti fuori i suoi articoli, i coccodrilli, nessuna iscrizione a partiti né a reti sociali e il verbale dell'assemblea ordinaria del 2007, con la mozione, da lui presentata, che avrebbe salvato Radio NP4TD dal fallimento e aggiunto Leonardo al già numeroso gruppo dei suoi ammiratori; no, mi corregge il radiofonico, lo apprezzavo da molto prima. E, infine, un elenco dei socios in formato PDF, successore di quello schedario che consultai, nell'archivio, con Marcelo, il Clark Kent dell'Arcipelago, raggiante per quello che credette un barlume d'interesse per le vicende del club.

Quella di Carlos era la più vecchia scheda, dopo alcuni papiri quasi in polvere, che certificavano l'adesione di un mio prozio, Marcelino Frei, del nonno e di altre tre o quattro vecchie tigri. Risaliva ai tempi di Plaza de los Héroes appunto. Il primo della seconda generazione di socios. E questo mi convinse.

E adesso, al lavoro, mi dicevo, mentre tenevo d'occhio il parcheggio, dalla finestra dell'ufficio del nonno, con in mano una copia dello statuto, in attesa del bolide metallizzato. Che varcò il cancello nello stesso momento in cui, alle mie spalle, si materializzava Maia, altra mia compagna di classe all'Henri IV, indi campionessa di atletica e ormai dirigente di fatto della sezione nella quale aveva gareggiato.

Indicando l'auto che, devo riconoscerlo, aveva un non so che di giunta militare, sibilò, allarmata: "Geoffroy, questo ci riempie l'Alianza di Colonnelli!".

Boh.

Habla el pueblo. Habla Marcelo.

Villadáliga non ha mai scritto quel saggio e Geoffroy sostiene di essersi accorto subito che era un pretesto per indurlo ad assumersi la responsabilità dell'Alianza.

L'incertezza del progetto era una confessione: il nostro Eroe della Fortezza non cominciava mai nulla senza un punto di partenza e un punto di arrivo; qui, c'era solo un abbozzo di ricerca multidisciplinare su materie del primo anno di università: teoria generale del diritto e diritto costituzionale: tipico delle nostre facoltà giuridiche, iniziare con temi capitali, in modo che tutto sia dimenticato quando si arriva al giuramento professionale.

Non era il caso di Geoffroy; che la laurea, in diritto costituzionale, l'aveva presa, a Namnetes e con l'autoctono Máximo B. Namnetes, una delle centinaia di migliaia di occasioni perdute del nostro arcipelago; che, per contro, trasforma in star trafficanti, pluriomicidi, più o meno colposi, ed altri pittoreschi figuri. Geoffroy conservava un interesse per l'argomento che combaciava a meraviglia con il raggiro giuridico, una specie di esercizio di stile dei tempi della dittatura, quando di forma di stato e forma di governo non si poteva parlare. E si ripiegava sullo studio di organizzazioni sportive e ordini cavallereschi.

Gli esperimenti sulla costituzione materiale possono rivelarsi deludenti; così, la nota leggenda di Plaza de los Héroes, che l'architetto Bernardino Coti dice essere spuntata dal nulla, tra il confine di Ferreñafe e la fettuccia per Campo del Oro, dimostra che la tutela del paesaggio, pure oggetto di una norma di principio della Carta Fondamentale, è meno appannaggio dello stato che di qualche eccentrico: di origine francese, a giudicare dallo stile. Ancora, dalle nostre parti si può giocare al gentiluomo di campagna, uno dei passatempi preferiti del Geoffroy di mezz'età. Ma provate a fare una passeggiata dalle parti di quel supermercato nordico di mobili in kit, il cui montaggio è altro suo passatempo, alla periferia di Ciudad Morales: un agglomerato sorto dal nulla e colmato con il nulla.

La domanda alla quale Carlos gli chiedeva di rispondere, però, non riguardava l'Arcipelago, bensì l'Alianza. Come si applicava, concretamente, lo statuto? Come funzionavano l'Assemblea dei Socios e il Consiglio Direttivo, composto dal presidente, dai dirigenti delle dieci sezioni sportive e da quattro membri eletti tra i socios?

Geoffroy, per pagarsi gli studi e di nascosto dal padre, per complesso d'inferiorità, aveva fatto anche il giornalista. E intervistò tutti quelli che incontrava al centro sportivo, dirigenti, allenatori, atleti, socios o presunti tali. Che erano, per lo più, contenti di rispondere al biondo amministratore: lo prendevano per l'erede di suo nonno, ruolo al quale, ancora oggi, si sottrae ostinatamente. Poi, metteva i dati in bell'ordine e li comunicava allo studioso. E anche a me.

Mi caddero le braccia, il giorno che arrivò a casa mia per vedere una tappa del Giro del Mediterraneo.

In poltrona, prese il bicchiere di pastis che gli porgevo, severamente vietato all'Alianza, brindò, e mi lanciò un'occhiata intensa.

-Ma lo sai che l'Assemblea e il Consiglio Direttivo non si

riuniscono più da due anni?

La carità cristiana mi trattenne dal rispondergli, ma il mio sguardo non poté evitare di rimandargli un "E tu che ci stai a fare?".

Messaggio ricevuto. Solo la speranza di vedere il suo boy, anche solo di schiena, lo trattenne fino alla fine della tappa, vinta da un oscuro ex sovietico.

Mia sorella lo aiutò a redigere le convocazioni, che partirono la mattina dopo. Da Namnetes, Alejandro Figueredo lo istruì sul funzionamento della cooperativa SantaJusta, in modo che avesse una traccia da seguire.

-Ma chi ci pensava, prima? -Aveva chiesto l'ingenuo, mentre slinguazzavamo buste, con Sandra e Inma.

-Tuo nonno – aveva risposto la più giovane, la voce dell'innocenza.

Così iniziò lo smantellamento del nonnocentrismo, come lo chiamava lui.

Una settimana dopo, in coda all'Assemblea, consegnava il quarto rapporto.

-E' sufficiente – aveva commentato Carlos Haya, prima di allontanarsi, perché gli veniva da ridere.

CAPITOLO TERZO

Per la prima di una lunga ma non infinita serie di albe, guardavo Plaza de los Héroes dalla vetrata dello studio di Julio, bene attento a fondermi con il vetro e il tapasol, a non lasciar passare che quel raggio di luce che mi permetteva, rientrando, di guardarlo, con particolare attenzione alla sua magnifica schiena, mentre dormiva di quel sonno che, si narra, gratifica solo quelli con la coscienza a posto.

Non vedevo l'orizzonte, ma il condominio con i parapetti di plastica verde trasparente, dove abita mio zio Bernardino, il vicolo, corto e stretto, che finiva su Paseo de la República. Come dire che anche l'impresa di mio nonno era diventata, col tempo, un'accozzaglia di edifici dei più vari stili, dal coloniale ligneo della Defensoria del Pueblo all'ex teatro dell'Henri IV, riconvertito in locale equivoco, in circostanze che mi ripromettevo di chiarire con Leonardo, o con Marcelo.

Eppure, godevo di quella vista, dei platani in ottima salute e della panchina dove, un pomeriggio dell'anno prima, avevo trovato il ragazzo ad aspettarmi. E sapevo, vestito di tutto punto dell'uniforme dell'Alianza, malgrado le sue occhiate sconcertate della sera prima, alla prova costumi, che non stavo dicendo "E ora a noi due". Dovevo averlo detto. Non ricordo dove, né quando, né perché. Non me ne ricordo mai.

Un non meglio identificato campanile suonò le sette. Avevo appuntamento, con Diego e Marcelo, al centro sportivo. Rientrai, e con me il filo di luce; pensai che ero un bel masochista, se preferivo ancora le colazioni di lavoro. Col passo del cavallo raggiunsi la porta per sentire Julio bofonchiare, mentre abbassavo la maniglia: "Ricordati i dischi". "Yesssss...".

Si, avete dedotto bene. Mi ero stabilito da Julio. Non ricordo che mezzi abbia impiegato per vincere la mia resistenza; ma resistenza, conoscendomi, c'era stata. I miei complessi, la mia diffidenza, per non dire paranoia. Che non avrebbe mai mancato, a ragione, di rinfacciarmi.

Passando alle missioni diplomatiche, era stata una bella fatica, convincere una organizzazione nonnocentrica a prendere le sue precauzioni perché, tolto il mattone Geoffroy, non crollasse tutto l'edificio.

Certe strutture patriarcali, viste da fuori, sono molto pittoresche: un presidente eterno dalle funzioni puramente rappresentative, ma un forte potere d'indirizzo politico. Un'assemblea dominata dall'ammirazione e dal consensus. Tutto OK, salvo imprevisti, come quello che avevamo vissuto, e che, mi dicevo con sollievo, mentre pedalavo sulla fettuccia, tra il mare e il mobilificio "Inverno", si era concluso un mese prima, col nonno che, appena dimesso dall'ospedale, aveva preso un aereo per Parigi, con mio padre, precettato perché lo accompagnasse al Roland Garros. Vitalità.

Quella mattina sarebbe tornato in sede; si era dimostrato più conciliante del previsto, quando io e Marcelo, timore reverenziale, gli avevamo parlato delle modifiche allo statuto, necessarie alla sopravvivenza della società, visto che, dopotutto e malgrado le apparenze, non era eterno. Un po' meno quando gli avevamo fatto notare che, nello statuto, o nella costituzione materiale, chi se lo ricorda più, i fondatori avevano previsto tutte le funzioni, tranne quelle di controllo: si era scandalizzato, come se introdurre dei controlli implicasse necessariamente la cultura del sospetto e la teoria del complotto. Tutti si fidavano di tutti, all'Alianza, lui per primo. Un giorno avremmo pagato anche per questo, ma senza imparare la lezione.

In compenso, la commissione disciplinare, per gli sportivi, c'era. E ne avevo anche fatto parte, delegato da Sandra Chacha, una volta che un gruppo di giovani pedalanti in allenamento aveva pensato bene di attraversare Ferreñafe a tutta velocità, per spaventare le belle ragazze in automobile.

Entrando in picchiata nel parcheggio, con la bicicletta rossa, riconoscevo di non essere un grande esempio.

Esaurito il mio compito, mi ero ritirato nella nicchia dove, per dirla con la stampa sportiva, ero cresciuto: la sezione ciclismo, che mi aveva affidato l'organizzazione della trasferta al Tour de France; non parlavo del mio passato di produttore, ma produttore mi sentivo e con buoni risultati, credo: altri dirigenti venivano a trovarmi, nello sgabuzzino che avevo adibito a mio ufficio, o in Plaza del los Héroes, per chiedermi consiglio.

Non Fabrice Lézard, la nostra star, il miglior tennista dell'Arcipelago, uomo di poche parole e tutte francofone, nipote ideale e favorito del nonno, di qui la mia gelosia, con coach individuale, pardon, entraîneur; e una produttrice nella persona di sua moglie Zoé, bellezza grandi firme, alla quale davamo della Duchessa di Kent. Lei non apprezzava.

"Perché non ti candidi per il prossimo consiglio direttivo?"

Che domanda del cavolo, Carlos. Sapevi fin dall'inizio che ero qui solo per sostituire il nonno.

Si era fatto mezzogiorno. Avevamo finito di controllare uomini, mezzi, trasporti e logistica; ci eravamo fermati a chiacchierare ai piedi di uno dei pullman, di uno stucchevole verde marshmallow, come in un disgustoso spot pubblicitario di quando vivevo in Francia. Per fortuna, il nostro sponsor era un altro.

Portavo sottobraccio una scatola da scarpe, che avevo appena estorto a un mezzofondista, con dentro i CD per Julio, che stava per raggiungere la sua squadra. Ed io avevo ottenuto di partire con la mia, con un unico scopo: vederlo tutti i giorni. Marcelo lo sapeva, guardava la scatola azzurra con il marchio di una premiata ditta di articoli sportivi e mi rivolgeva dei sorrisi da apprendista satiro. Diego, più discreto, mi aveva parlato del suo ristorante, fino all'arrivo di Carlos che, come altri aficionados, era venuto a celebrare il ritorno del Presidente. Lo avrebbe inaugurato in autunno, all'estremo opposto del sedicente golfo. Quello era il suo ultimo grande giro.

Haya girava in tondo e toccava con mano i progressi della polisportiva. Ne era fiero, ed io con lui. Ma non era questa, la mia vita. E nemmeno l'hobby della sezione ciclismo sarebbe durato in eterno. Sandra avrebbe mantenuto la promessa di non scendere a patti col doping; e cessato ogni attività dei professionisti.

Non tutti, come Diego, avrebbero preso con entusiasmo il prepensionamento. Alcuni sarebbero andati a cercare lavoro e carburante altrove, anche con discreto successo.

Ma era ancora il giugno del 1996, nel parcheggio dei socios, io con la mia scatola, lui con una borsa sportiva, che oggi definiremmo vintage e che era vecchia anche allora: la piscina aveva riaperto.

"Beh, goditi il Tour de France, allora".

"E tu, goditi il nonno".

Bingo: si era messo a ridere. Gli dedicai un grande inchino e me ne andai, con i CD bene assicurati sul portapacchi.

Sul Malecón, ecco giungere il Presidente Eterno. A piedi, senza precipitazione, con sottobraccio la sua nuova racchetta, appena importata da Parigi. Per la cronaca, Lézard era stato eliminato al primo turno del Roland Garros. Figuraccia internazionale.

Habla el pueblo. Habla Jean-Paul Geoffroy I.

Rivedo quel tratto di Malecón, da Heliantos al Centro sportivo, per la prima volta, da quando sono uscito dall'ospedale. Appena dimesso, avevo solo urgenza di salire sull'aereo, e non solo per il Roland Garros. Per la prima volta mi rendevo conto di essere mortale. E allora dovevo sbrigarmi. Volevo rivedere la Francia. E Paul-Henri.

Jean-Paul Geoffroy, mio nipote, procede in direzione opposta. Verso Plaza de los Héroes. È felice: va da Julio. E disincantato, dicono, a causa mia. Se è così, nasconde i suoi *griefs* molto bene. In realtà, come tutti i miei discendenti, non è fatto per lo sport. Nessuno dei miei figli ha voluto seguirmi nell'Alianza; dei miei nipoti, questo, che è quello che ho conosciuto meglio e frequentato di più, mi ha sostituito suo malgrado e a tempo determinato. Non so cosa farà, da oggi. Non gliel'ho chiesto: l'argomento lo innervosisce, ai limiti dell'infarto.

Arrivo al centro sportivo, e, ancora nel parcheggio, mi lascio applaudire dai vecchi e dai giovani, ma per poco: ci aspetta il ristorante "Vaya Mar", con terrazza panoramica, lì vicino.

Entrando, mentre Diego registra mentalmente ogni dettaglio, peggio di un turista orientale, chiedo a Marcelo. Che, lento e serafico, risponde "Non lo so, ma credo che si metterà a fare l'avvocato". E sorride, come il cattivo giocatore di poker al quale tocca una buona mano.

Geoffroy, che teme sempre di essere influenzato dagli altri, non se n'è accorto, e ci metterà anni a riconoscere il calcio in avanti che gli ha dato questo ragazzone, il cui ruolo ufficiale nell'Alianza è quello di essere il fratello di Sandra Chacha, ma è sempre in sede, quando non è in tribunale, in palestra con i figli, in comune a difendere la borgata Campo del Oro; prima o poi si scoprirà che suona anche l'oboe in un'orchestra filarmonica; e senza strepito s'interessa alla società, o ai suoi frequentatori, quando gli capita qualcuno completamente disorientato, oppure dal quale è affascinato, o entrambi, come mio nipote. Che sa anche conquistare le persone, quando vuole. Quando vuole.

Marcelo, Diego, Fabrice, Inma, Maia, e altri ragazzi ai quali bisognerà lasciare spazio. O comunque, se lo prenderanno. Marcelo mi legge nel pensiero, o così credo. "E vedrà, nonno" gli scappa, ma non raccolgo: sono stati davvero molto tempo insieme "Anche Geoffroy sarà dei nostri". Altro sorriso da dilettante del poker.

-Advienne que pourra - gli rispondo, con lo stesso sorriso. Geoffroy avrebbe risposto "Vogue la galère". E questa è tutta la differenza tra me e lui.

CAPITOLO QUARTO

Al ritorno, lieto evento: Julio mi rivelò di avere un figlio, che non esitai, personalmente, ad adottare. Il mio terzogenito. Da Sissi, che non vuole essere chiamata così (ma che ci posso fare, io, se è una principessa araba?), avevo avuto due eredi, Massimo e Alina, poco prima di laurearmi; allora vivevano a Orrantia con lei, oggi sono in giro per il mondo.

Siccome sono un anarchico tradizionalista, nonché fondatore dell'omonimo movimento, mi accollai subito le relative responsabilità, e cominciai a far fruttare i duecento dollari annui che, per far contento Marcelo, spendevo per l'iscrizione all'albo.

Nelle more, Leonardo, malgrado il mio menefreghismo, pensava a me. E mi aveva lanciato in una rubrica serale: "Le letture di Geoffroy", narrativa francese e non, la quale, oltre al divertimento, mi procurava di quanto pagare il mezzo pacchetto al dì che fumavo allora. E me lo procura ancora, ma adesso si chiama "Et vogue la galère", come il mio intercalare, sinonimo del "Qué serà serà" del nonno ma, secondo lui, più nichilista: tre minuti settimanali di considerazioni di costume. Questa settimana mi aspetta una replica ad una specie di angelo del focolare che ufficia sul noto supplemento femminile di un non meno noto quotidiano nazionale, gioie della prole e allegra rassegnazione, che, qualche giorno fa, ha rivendicato il diritto all'astinenza sessuale dopo il secondo figlio. Auguri. Mi trovate tutte le domeniche alle venti, sui 101.1 Megahertz.

Dopodiché, e sempre nel rispetto della mia costituzione esistenziale, mi cadde addosso un impiego part-time, nello studio di Héctor Ricardo, omonimo ma non parente, *pas méchant pour deux sous*, che, una radiosa mattina di ottobre, volle mettere alla prova le mie doti filologiche, sottoponendomi il seguente esercizio: "vada all'università e cerchi delle massime su emendatio libelli e mutatio libelli nelle cause per responsabilità civile automobilistica": come dire una gran rottura di zebedei, benché il mio dominus ivi eccellesse.

Beh, pensai, ottimista come mio padre e dunque sciagurato, ne approfitterò per rinverdire i fasti della Facultad de Derecho de Namnetes, le belle ricerche sui diritti umani con i miei compagni preferiti, quelli che incontravo ancora, ogni tanto, a San Bartolo: Florentia, Del Río, Pinedo...

Enfin, bref: due minuti di sosta nel corridoio d'ingresso bastarono a convincermi che avrei fatto meglio, e più in fretta, a prendere il primo traghetto per Namnetes.

Dovetti declinare generalità complete, professione, paternità e certificato penale; e mi costrinsero ad abbandonare in un armadietto metallico la mia amata busta di pelle, che a malapena regge un quaderno e una penna, figuriamoci i pesanti tomi che temevano mi fregassi. L'accollo di un braccialetto elettronico, propedeutico alla consultazione del repertorio, mi fece alfin saltare i fusibili; abbandonai tutto su un tavolone, senza curarmi dei soprassalti degli studenti assopiti o del bibliotecario importato dalla Tirana degli anni '70 e mi proiettai fuori, in preda ad un collasso nervoso.

Qualcuno mi veniva incontro, agitando la mano per dissipare le brume della mia ira. Era Marcelo. A mo' di saluto, inventò quel controsenso che mi capita sempre più spesso di ripetere.

-Adesso l'avvocato Geoffroy s'incazza... - ovviamente, a 33 giri.

Gli spiegai la situazione, alla moda dei Motorhead.

- Ma no! devi andare alla Revista!

E che era, La Revista?

Marcelo non perse la pazienza. Non la perde mai. Ma mi resi conto che stavo per scoprire l'acqua calda. - La Revista. Alla Fortaleza.

La Fortaleza Sandoval è uno dei rari monumenti sfuggiti alla controriforma cacofonico-urbanistica; forse perché, fino a qualche anno fa, era in zona militare: a che prezzo la salvezza. Malgrado ciò, proprio lí davanti attraccava il traghetto per la capitale, che non era ancora una "Golden Dream DOP", come si chiamano adesso, casermoni galleggianti con niente di avventuroso, specie di grand hotel di paccottiglia che cerco di evitare il più possibile, quando mi tocca andare in un'altra isola.

A pianta rettangolare, molto estesa, cento metri per centoventi, avevo letto; più che una difesa, l'ultimo simbolo di una comunità, prima che diventasse una cittaduzza.

Anche qui si manifestava, ma solo nel nome, il peggio di Ferreñafe. Il progetto era di Augusto Pinto, oscuro architetto dei dintorni, Jayanca, forse; Sandoval, il maggiore esponente del XVI secolo, era il protagonista di una leggenda, priva di qualunque fondamento, secondo la quale aveva partecipato ai lavori; forse passava di qui e ne aveva approfittato per dare due colpi di cazzuola. La nostra cara vecchia mistificazione sociale, applicata alle opere pubbliche. Io la chiamo "la gloriola": uno dei miei numerosi francesismi e il più vitale dei fenomeni nazionali.

-Devi entrare dalla porta nord-nord-est – diceva Marcelo – c'è la targa, non puoi sbagliareeeeee....

Era a due passi. Dovevo attraversare quella piazza chiusa e senza sbocco sul mare, mimetizzata dalla vegetazione incolta dei giardinetti, poi la strada e il porto. Decisi che avrei accontentato Héctor, o, almeno, ci avrei provato.

Effettivamente: non avevo mai guardato bene la porta, né quella targa in cemento dipinta di rosso, ideata certo da un buontempone di regime: "Revista de Derecho Militar".

Nel cortile ero già entrato. Quando mio padre, l'attor giovine della filodrammatica, aveva recitato in un vaudeville, messo in scena proprio in quello spazio sterminato; e mi ero divertito moltissimo, non so se per la trama o perché mio padre era il più bello, il più brillante e il migliore in scena: non si hanno dieci anni impunemente. Zona militare, dunque, ma fino a un certo punto.

Girai a destra, spinsi la porta all'angolo. Nessuno si affacciò sui miei passi. Buon segno.

Al primo piano, mi accolse lo sguardo furibondo, ma straordinariamente verde, di una signora prossima alla pensione, come si calcolava a quei tempi, che non si fece pregare per condurmi in una minuscola sala di lettura, interamente tappezzata di scaffali, che esponevano, in volumi rilegati in skay grigio chiaro, l'intera collezione di una nota rivista di diritto della circolazione stradale.

Ignoravo di aver fatto conoscenza con Tula de La Cruz; nonché l'identità del padrone di casa, che avevo già avuto l'onore di incontrare.

Uscendo dalla porta in vetro smerigliato, con nella busta materiale sufficiente a far saltare di gioia il collega Ricardo, mi trovai naso a naso con lui, senza suscitare altra reazione che il solito alzar di sopracciglia.

A missione compiuta, mi congedai dallo studio e corsi al centro sportivo.

- Nonno - domandai, affacciandomi alla porta del suo ufficio - cosa ci fa Carlos Haya Villadáliga, alla Revista de Derecho Militar?

- La dirige. Perché? - e si rimise subito a leggere le sue carte.

- Il direttore è un civile?

- Haya non è un civile, è un ufficiale di marina.

- Non l'ho mai visto, col kepì.

- Dovrebbe venire qui in divisa? O andarci in redazione?

- Crollo di un mito...

Il nonno sospirò; alzando la testa e guardandomi fisso negli occhi, concluse: - E adesso, se non devi chiedermi se i miei denti fanno le bollicine... - e con la mano mi rivolse un pressante invito a lasciarlo lavorare.

Ecco cosa voleva dire Maia, quando temeva che le riempissi la pista di atletica di colonnelli!

Avrei saputo, poi, che Haya aveva rischiato la vita perché il paese, di colonnelli, ne avesse il meno possibile. Era l'ufficiale che aveva sventato il tentativo di colpo di stato dell'89, quando tutto un popolo era distratto dalla prima qualificazione della squadra nazionale ai mondiali di calcio. Da queste parti, si conta molto sullo sport, o sul Ferragosto, per operazioni di questo genere, incostituzionali, come quella volta, o meno.

Nel luglio del 1989, noi della Facultad de Derecho de Namnetes ci sorprendevamo ancora, nel contemplare l'abbrutimento di un popolo. Ci consolavamo pensando che, se lo sport nazionale fosse stato il tamburello, sarebbe stato ancora peggio. Il nonno, che ha sempre detestato il calcio, scrutava l'avvenire dal suo maniero di cartongesso, col profilo deciso, quello che non ho ereditato, contro il cielo. Nessuno prevedeva niente.

Finché, una mattina, la radio tuonò: il ministro dell'interno si era autoproclamato capo dello stato, ed aspettava gli eventi nella sua sede, circondato da una divisione di questurini, a suo dire pronta ad attaccare. Contava sull'adesione entusiastica delle forze armate. E invece si era presentato il commodoro Haya, da solo, senza credenziali e, si dice e io ci credo, di propria iniziativa, mentre nessuno sapeva che pesci prendere e il capo dell'opposizione, come al solito, diceva "trattiamo".

Il ministro, che non era un campione di acume, si era fatto negare.

In quel momento, stavo prendendo il caffè nella cucina del mio appartamento di Namnetes, che dividevo con Faruk e con la sua fidanzata, una bella bionda dal nome tedesco, miei compagni d'università; arrivò una chiamata dell'AvioReloj, che mi informava che "c'era un prepagato per Parigi a mio nome, con imbarco immediato".

Subito dopo, arrivava anche quella di mio padre, che, sordo alle mie proteste, mi ingiungeva di prendere quell'aereo; lui "stava andando a Charles de Gaulle", da dove mi avrebbe portato a Sannois.

Mentre preparavo la borsa, Carlos si faceva largo fino all'ufficio del ministro, fino allora convinto della fedeltà, o infedeltà, secondo i punti di vista, della Marina. E invece, ben altra intimazione rispetto a quella di mio padre, si era visto ordinare, in nome della Costituzione sulla quale entrambi avevano prestato giuramento, di abbandonare le armi.

Per tutta risposta, l'insignificante tizio aveva minacciato di farlo sparire.

Dopo alcune ore durante le quali, tipico della capitale, nessuno se l'era filato, il ministro aveva rifatto il calcolo delle forze in campo ed aveva finito per arrendersi, previa concessione di immunità ed esilio a Santo Domingo, un *must* dell'epoca. Tornammo tutti alla vita civile. Preferivo, dopotutto, la vita civile della Val-d'Oise; ma mi attendeva una seduta di laurea.

Quanto ad Haya, invocando la Costituzione si era giocato la carriera. Ma, trattando, giustappunto, con il capo dell'opposizione, che nel frattempo era diventata la maggioranza, aveva ottenuto di scegliere il suo parcheggio: la rivista giuridica delle forze armate, nella sua città natale.

Noto il vostro scetticismo. Se fossi una bella donna, stapperei una gassosa e chiederei, sorniona, cosa vi aspettavate? Aveva pur sempre compromesso lo status quo, pur precario come un golpe.

Ed era anche recidivo. Qualche anno prima, aveva collaborato alla riforma dell'ordinamento delle forze armate, quella della libertà di manifestazione del pensiero, della gerarchia solo in servizio, dell'eguaglianza di fronte alla legge; e, ancora prima, il saggio sul nonnismo nelle caserme: pubblicato, dicono, contro il volere dei superiori.

Non l'avrei mai immaginato, tanto era a suo agio in quei panni di serio borghese. Avrei voluto chiedergli se era stata una scelta. Non certo una necessità: Marcelo, mi aveva raccontato, con ironica nonchalance, che gli Haya Villadáliga erano una delle grandi famiglie della comarca. Si, perché la nostra è una comarca e il termine "grande famiglia" non equivale a famiglia numerosa. Vi viene da ridere? Anche a noi.

Per molti anni, anche dopo che mi separai, più che amichevolmente, da Héctor Ricardo, e dotai il mio nuovo studio di repertori, frequentai assiduamente la biblioteca alternativa. E così pure Marcelo, presto Sanjuán, il loquace Álvaro, uno studente di diritto, che aveva, come me, la pessima abitudine di esprimersi a voce alta. A mia discolpa, devo aggiungere che sono un baritono: sotto la doccia, neanche a dirlo, canto Largo al Factotum. Julio osserva che, uscito dal bagno, il comportamento non corrisponda.

Fa niente, mi accontento dell'effetto Rossini, leggi l'effetto Mozart adattato al gusto della famiglia Geoffroy-Frei.

Il padrone di casa restava di marmo di fronte alla mia pur ragguardevole estensione vocale, salvo quando chiacchieravo con Álvaro sotto la finestra del suo ufficio, che chiudeva con forza, guardandomi feroce, come a ribadire che le forze armate non servono a niente, se i civili sono in decadenza.

E le sorprese non erano ancora finite.

Habla el Pueblo: Habla Leonardo.

Quante volte ho sentito la leggenda della maledizione di Ferreñafe! Quasi tutti danno la colpa al santo patrono, S. Ignacio, 17 ottobre. Bel santo patrono: anziché proteggere maledice. Oserei dire che ce lo meritiamo.

E', o meglio, sarebbe, un destino di pigrizia, mancanza d'iniziativa, immobilismo inscalfibile, girare a vuoto, che brucia tutte le energie. Ogni tanto si apre una parentesi, più o meno lunga, poi si richiude. Come a metà degli anni '70, quando Ferreñafe, ispirandosi a un clima di progresso appena sbocciato nell'Arcipelago, si voleva città portuale ed operaia e di cultura e di cinema; si tenevano concerti di musica classica nelle fabbriche e pièces teatrali nella Fortaleza Sandoval, anche meno scontate di quelle della filodrammatica nella quale recitava Paul-Henri Geoffroy.

Quanto al Geoffroy per antonomasia, il mio compagno di banco Jean-Paul, c'era anche lui: è inutile che assuma quell'aria di sufficienza, come se volessi dire che *cualquiera tiempo pasado fué mejor*. Non perdevamo una lettera dei tazebao di Avenida de los Cien, esponeva Izquierda Radical, sul muro della sua sede, compravamo dischi di Angelo Branduardi, senza nessuno che ci guardasse come dei marziani, ai grandi magazzini o all'ormai dimenticata Casa Del Disco.

Se avessimo dieci o dodici anni oggi, cosa ci proporrebbero? Pardon, cosa scaricheremmo, più o meno legalmente, da Internet? Che partiti frequenteremmo? A parte il fatto che io, concentrato sulla Radio, non sono mai stato un attivista e Geoffroy ha smesso: nessuno dei pochi partiti rimasti lo rappresenta, figuriamoci le liste civiche.

Ma, prima di parlare di maledizione, guardiamo alla decadenza e all'omologazione planetaria. È la stessa cosa, ma la viviamo a modo nostro: una rassegnazione che non è allegra come in altri posti e una pigrizia della quale non abbiamo l'esclusiva. Forse qui si vede meglio; il nichilismo salta subito alla giugulare, dal primo cartello toponomastico "Ferreñafe".

Rimanevano, e rimangono, i casi isolati, quelli dei quali non si parla, famosi in tutto il mondo ma non qui, come Radio NP4TD, "Sorry Wrong Number", alcune ancor più richieste riviste di musica e altro che ora non mi viene in mente. E, ovvio, la Revista, che si componeva nella Fortaleza, e soprattutto il suo direttore, al quale non facevo mai mancare una citazione, nella rassegna stampa di Claudio Benavides, quando, su "La Vanguardia", ci richiamava all'ordine. Mi sorprendevo di nuovo DJ quindicenne di Radio Vegetable, la radio pirata dell'Henri IV, eh, Geoffroy?, quando interrompevo Claudio per sottolineare che era un articolo assolutamente da non perdere, o ve ne pentirete, udenti. Nous étions tous amoureux de lui? Sans doute.

Da qualche tempo, a Campo Del Oro, parliamo di microfascismi e di microresistenza. Forse è l'unica soluzione. Sia per un posto come questo, presunta vittima di un sortilegio, sia per il resto del mondo.

Carlos Haya Villadáliga, dalla sua fortezza, l'aveva capito molto prima di noi.

CAPITOLO QUINTO

Quando Paul andava in vacanza con i nonni, io e Julio smettevamo di fare i padri di famiglia perbene, con pupo al seguito, appartamento vicino alla scuola e tutti i comfort moderni; e ci ritrovavamo nella grande stanza sopra la libreria, nella quale il mio ragazzo aveva vissuto i suoi primi anni da adulto; ed anche io.

Mi svegliavo presto, soprattutto per lo stridio dei pappagalli, figli, nipoti e pronipoti di una coppia di evasi, che avevano nidificato sui platani della piazza. E una mattina, alzando il solito centimetro di tapasol, vidi saltare su una 124 Spider blu metallizzato, sedili in pelle color crema, un commodoro insolitamente agile.

"E questo, qui, che ci fa?" Traduzione: dove si è mai visto un esponente delle Grandi Famiglie della Comarca in Plaza de los Héroes?

"Quello è Don Mario" sbadigliò Julio, che mi aveva raggiunto e alzava ancora un po'.

"No, quello è Carlos Haya".

"Boh. Lo chiamano così. Esce sempre di lì, a quest'ora" E accennò col mento al locale in fondo alla piazza, alla nostra destra, con le cortine rosso e oro alzate e l'insegna ormai spenta "A proposito, hai visto che ore sono?".

Misi a fuoco. I capelli erano più castani che grigi e gli abiti erano quelli di un Tony Manero attardato. "Che somiglianza", stavo per dire, ancora a voce alta, senza riguardo per il ragazzo, che era tornato a letto; ma, specchiandosi nel retrovisore, il presunto Don Mario si portò la mano all'orecchio e si sfilò un orecchino.

Che bisogno aveva, il proprietario di una casa di appuntamenti, o così credevo, di sopprimere quello che era solo un particolare del suo abbigliamento chiassoso?

La risposta, non più di tre giorni dopo, quando Héctor mi

spedì, d'urgenza e in pausa pranzo, a cercare una nuovissima interpretazione giurisprudenziale (sic!) del diritto di precedenza. Incazzato come una iena a digiuno, ma con la massima nell'immancabile busta, alle due e mezzo prendevo la porta della Revista, incurante di chi arrivava in senso inverso, e che si sarebbe rivelato essere il direttore responsabile. I capelli grigi, la giacca *comilfò*, gli occhiali, lo sguardo perplesso... e un diamante all'orecchio sinistro. Portai immediatamente l'indice al mio, fissandolo allarmato; e lui, fermandosi nel vano della porta, se lo tolse e lo chiuse nella mia mano.

Seguirono tre giorni d'inferno, con ventimila dollari nel taschino del vestito buono, nell'angolo più remoto dell'armadio; Julio si scompisciava dal ridere. Come li avrei restituiti al legittimo proprietario? Non volevo farmi notare, né passare per Jean-Paul il taglieggiatore. Riportarglieli alla Revista, o al centro sportivo, sarebbe stato un affronto. Al locale, era come dirgli "So tutto". Dopo lunga ed ansiosa riflessione, passai sotto la finestra di casa sua e glieli lanciai, in un pacchetto, con una fionda. Non ridete! Non avete neanche idea di quanto fossi *coincé*. Feci centro, e lo sbattere violento delle imposte mi disse che il destinatario accusava ricezione.

Julio sfotteva e mi ammoniva: non sarei andato lontano, con quel terrore del confronto. "Tu hai sempre una scusa per non affrontare la situazione". E' vero. Per fortuna, a suo tempo, mi aveva abbordato lui.

Passò ancora qualche giorno. Il mio ragazzo farneticava di Alexandre Dumas: e se avessi dovuto consegnare dodici puntali di diamanti? Faceva sempre più caldo, il lavoro era sempre più duro ed Héctor aveva la pessima abitudine di guidare con l'aria condizionata a livelli da frigorifero; nonché, durante le trasferte, me al posto del morto.

Ne conseguì che mi presentai all'ultima udienza estiva con trentanove di febbre, dopodiché cercai di guarire chiudendomi in casa, a guardare il giardino, anche nel senso security del termine e a giocare al gentiluomo di campagna, per quanto possibile, con lo scarso verde che avevo a disposizione.

Non vedendomi più seduto sul muretto di Plaza de Armas, né alla Revista, né al centro sportivo, Haya, nei panni suoi propri, entrò nella libreria di Julio, lo salutò col rispetto che si deve agli artisti e osservò: "non vedo quel ragazzo, l'avvocato..."

"Geoffroy", completò l'altro, strafottente. Raramente era geloso, ma, quando ciò accadeva, i suoi occhi brillavano di ferocia.

"Non mi fraintenda". Senza scomporsi, ma mostrando l'anello d'oro alla mano sinistra, che il mio ragazzo considerò con un'alzata di spalle. Voleva solo ringraziarmi per avergli riportato un oggetto che aveva perduto. "E poteva anche evitare di tirarmelo nella finestra, poteva presentarsi di persona".

Julio ebbe allora quella specie di risata sospiro che dedica solo a me: "Tanto cranio, tanti complessi": si faceva ancora illusioni sulla mia intelligenza. Si sarebbe presto ricreduto. Per la prima volta convenivano, e ridevano, su qualcosa. Divennero amici.

L'ho saputo di recente. Alla fine del 1997 passavo a salutare Julio, in libreria, e lo trovavo con il commodoro, che esaminava i suoi ultimi disegni. Anzi, né con il commodoro, né con Don Mario. Con il pensionato che sarebbe diventato, anni più tardi; quello che non avrei riconosciuto, vicino alla stazione dei Greyhound, prima di partire con Celedoni. Mi guardava con aria severa. Forse si vergognava un po'.

Era nato un sodalizio criminoso.

Julio Bénédan espose le sue tavole, per la prima volta, nell'atrio del "Don Mario": la prima di una lunga serie di mostre, con particolare predilezione per quelle respinte dalla *Municipalidad*. Entrai per la prima volta nel cosiddetto locale equivoco per l'inaugurazione.

Somigliava più al Crazy Horse Saloon che a un bordello; il boss ci accoglieva nell'atrio, accanto al tendone principale, con un vestito che sembrava uscito da "Un éléphant, ça trompe énormement". Il diamante brillava quanto lui. Chi credeva di essere, Maradona? Glielo dissi. Mi spinse ridendo nella sala principale. Notai che, dalla parte opposta, si arrivava ad una una saletta di proiezione per film dal carattere inequivoco, che sarebbe diventata il mio incubo.

Errata corrige: ero già entrato lì dentro. Quando era ancora la sala di pertinenza della mia scuola secondaria, le Lycée Henri IV, che nella sua costruzione aveva investito gran parte dei contributi elargiti generosamente, per l'anno 1980, dalla République Française. Completata l'opera di decolonizzazione, chiusi i rubinetti, alla volonterosa dirigenza, tra le cui fila non primeggiava ancora Marcelo, non era rimasto che vendere i gioielli di famiglia; come il teatro, comprato da Haya senza prestanomi.

Il Don Mario aveva aperto, senza mettere i manifesti, come dice mia madre; né comprare spazi pubblicitari su "El Antorchón", giornale locale, che certo disprezzava quanto me e che, ultimamente, avrebbe annoverato Haya Villadáliga tra i personaggi dell'anno, accanto a un bottegaio viscido e falsamente alternativo. Ma l'insegna accesa, le cortine di velluto rosso, erano bastate. A spargere la voce e a creare la leggenda.

Negli ultimi quarant'anni, essere dell'altra sponda, o di sponda variabile, mi ha facilitato la vita anziché no.

Non mi sono sentito obbligato, ad esempio, a provare la mia virilità recandomi in periferia, in un capannone in niente diverso dai suoi vicini della zona industriale, allestito all'interno come un cabaret da telefilm americano con al centro una pista di lap dance dove si esalta uno sceriffo grasso. Tutto copiato, salvo lo sceriffo grasso, c'è un limite a tutto; e compresa la desolazione, dentro e fuori. E, nella pubblicità, la parola, per i miei concittadini, più pornografica: "esclusivo". Il mio paese è una repubblica democratica fondata sull'effetto di dimostrazione. Anche quando basta una tesserina da cinque dollari, della consistenza di una figurina dei calciatori, per avere l'esclusiva. E anche questa è costituzione materiale.

Ebbene, un democratico come Haya non avrebbe mai adottato il sistema della tessera fittizia; né l'hidalgo diamantato che era Don Mario poteva sopportare che qualcuno infilasse la banconota nel tanga di una delle artiste, o di Arcadio Jaguar, perché c'era anche Arcadio Jaguar, e mi avrebbe sconvolto per dieci anni, molto più quando lo incontravo per strada che sul palcoscenico. Anche i numeri somigliavano a quelli del Crazy Horse Saloon e, di conseguenza, non incontravano il gusto, se così possiamo chiamarlo, dei bravi buoi che passavano di lì alla ricerca del telefilm. E ripartivano subito, delusi, verso la zona industriale, o venivano buttati fuori dalla giubba rossa, che indossava una caricatura dell'uniforme della marina, ad un impercettibile quanto severo gesto del maître, che vegliava sull'ordine pubblico da un minuscolo balcone al mezzanino, cogliendo e sanzionando il minimo gesto fuori posto.

Ma di obsédés l'isola è piena: compresa una nostra conoscente che, gelosa, venne a verificare se una sua presunta rivale esercitasse colà. Non era così, ma questo non le impedì di spettegolare. E le prime e ultime volte durarono per diversi anni; solo di recente aveva cominciato a fare sala vuota; il che non allarmava Don Mario quanto Haya perdeva il sonno, quel poco che aveva, per altri problemi.

Che erano anche i nostri: la decadenza sociale, politica e, di conseguenza, giuridica; aveva, allora, l'età che io ho adesso. Come me, aspettava e sempre avrebbe aspettato l'evoluzione, promessaci con la costituzione democratica. Potevo immaginare, e traevo indizi dai sospiri della Tula, o da "La Vanguardia", la sua grande frustrazione. Alla sua età, frustrato quanto lui, comincio a perdere l'inverosimile fiducia ereditata da Paul-Henri Geoffroy, il giornalista entusiasta degli anni '80.

Da quando mi ero autoproclamato cadetto di Guascogna specializzato nel trasporto di preziosi, mi guardavo bene dal parlare del Saloon e del suo padrone negli ambienti nei quali il patronimico Haya Villadáliga aveva tutt'altro significato.

Non tutti applicavano questa semplice norma igienica; e temetti il peggio quando uno dei nostri numerosi quanto irriducibili provinciali, illudendosi di suscitare in me della curiosità, mi raccontò che proprio Tula De La Cruz "era stata vista uscire" dal "Don Mario".

A mezzogiorno, e con sottobraccio i libri contabili, che si era offerta di compilare. Ma questi erano dettagli irrilevanti in confronto al pettegolezzo che ne derivò: "Anziana rispettabile gestisce locale a luci rosse". E che non finì sul giornale perché, allora come oggi, "El Antorchón" fa pubblicità solo a pagamento. Non solo negli appositi spazi.

Radio Ferreñafe NP4TD e il suo omologo cartaceo, "Sorry Wrong Number", per gli amici "SWN", diretto da un altro mio vecchio amico, Juan José Delincuente, ci ridevano su. Leonardo, signore e padrone della fascia pomeridiana, aveva inserito nel suo contenitore una falsa telecronaca, "In diretta dal luogo di perdizione", con un assessore che negava la propria identità, per difendere la sua immagine di retto democristiano. La voce, non meno falsa, voleva essere quella di Marcelo, che non si offese, o non se ne accorse.

"SWN" ne approfittò, invece, per pubblicare una pagina di annunci di locali equivoci per tutti i gusti, ivi compresi i depravati calcistici. Fiorivano nomi, deviazioni e bozzetti, che atterravano sulla scrivania di Juan José, come me e molti altri tifoso pentito; e di lì, talvolta, sulle pagine del giornale.

Gentiluomo fino in fondo, Carlos, per salvare l'onore della signora, uscì allo scoperto, anche se non si era mai veramente nascosto. Disse a tutti la verità: il Don Mario era suo e lo gestiva lui. Tula teneva la contabilità. E a voi che ve ne frega?

Ma non ci aveva creduto nessuno. Era un Haya Villadáliga, un Commodoro, di una Grande Famiglia, della Ferreñafe Bene: nonché l'infrequentabile tenutario di Plaza de Los Héroes? Inconcepibile. L'evidenza cede alla mentalità. Lei m'insegna, cavaliere, che qui piangono le madonne.

"Ma lei conosce Carlos Haya Villadáliga?" Domandava il mio dentista, brandendo il trapano. "Mmh", rispondevo io, non so se di assenso, o di dolore. "Ma le pare possibile che gestisca il Don Mario?". Francamente me ne infischio, pensavo. "Naaaaaw", aggiungevo, e sentivo che la parola "MENZOGNA", s'imprimeva sulla mia fronte a lettere di fuoco. "E' quello che dico anch'io. Però è un tombèr". Immagino che volesse dire "tombeur"; e il mio livello di interesse restava ancorato allo zero assoluto. Era il suo argomento preferito. Lo rievocava ogni volta che andavo a farmi otturare un dente. Per fortuna, sono cresciuto in mezzo al fluoro.

E c'era chi se ne fregava ancora più di me: l'indagato. Al massimo ci scherzava su, come quella mattina alla Revista. Chiamava tutto quel commérage "Lo scoop". "Geoffroy, fai uno scoop anche tu, così lasciano tranquilli noi" sghignazzò, mentre Tula, sempre più incazzata, sbatteva dei libri sul piano alto di uno scaffale. Non avrei mancato. Posso illudermi che sia servito almeno a questo.

Habla El Pueblo. Habla Tula De La Cruz.

Maître Geoffroy, mi creda, non me la prendevo perché mi davano dell'innamorata di Haya Villadáliga. Fosse stato vero! Come se le donne, nella vita, facessero tutto per amore. Ma mi faccia il piacere: la maggior parte delle volte è bassa utilità. A meno che, per "amore", non intendano proprio questo.

E perché avrei dovuto abbozzare davanti ai loro sorrisini? Ai loro sguardi, che dicevano "ti ho beccato!" e che mi relegavano al rango dell'ultima delle poverette, perché non ci sono puttane, per certa gente, solo povere pecorelle da redimere... c'era tutto il disprezzo per i sentimenti di chi, poi, va nelle kermesses a cantare, col bardo omologato, "Fior di Garofano amava il principe come lo scorfano"; e torna nella sua stamberga residenziale, sicuro di aver fatto il suo dovere di cittadino in un paese democratico.

Si ricorda, quel giorno, in cortile, quella faraona in turbante, la consorte del tenente Verdugo, tenente a sessant'anni, mi dica lei, e relegato al centro meccanografico, alle schede perforate... *balaie devant ta porte.*

Cosas de amores? Non ne avevano la minima idea. Il problema era informatico: il mio essere non combaciava con la scheda perforata della "donna di sessant'anni impiegata piccoloborghese"; né lei, maître, in quella dell' " giovane avvocato rampante" che andava di moda: ci significava questo, la figuretta in turbante che un po' mi rideva in faccia e un po' guardava la sua maglietta di Mondrian, al braccio di quel pretonzolo in camice bianco che scuoteva la testa e le ripeteva ottusamente "non va bene", certo prendendosi per il suo direttore spirituale, visto che l'età del precettore l'aveva passata da un bel po'.

Un ripasso generale sul principio d'eguaglianza gli sarebbe stato salutare, ancor di più dopo la sua folgorante promozione; ma forse ci vorrebbe un ripasso generale e ad ampio raggio, visto che Verdugo non è il solo a dedicarsi a questi passatempi da Ku Klux Klan... che ne pensa, Maître, di quelle serie nelle quali la protagonista è una donna, matura, di testa, un magistrato, per esempio, e, per controbilanciare il copione, il casting sceglie sempre una goffa racchiona? Chi dobbiamo consolare, con questa melassa?

Per questo, e per tanti altri motivi, le credo fino in fondo, quando dice che la vita è più comoda sulla sua sponda.

Né le dirò quanto di vero ci sia in questa leggenda. Che la realtà sia quella che si vede, per una volta: Per anni ho lavorato con Haya Villadáliga perché mi interessava e ho gestito il Don Mario per divertimento: un impresario, nel cabaret, ci vuole. E converrà che il mio carattere è proprio quello giusto.

Ius e Fas, dice? Il primo nella fortezza, l'altro, la magia del Don Mario? Ma la smetta: cercavamo solo di non sprecare il nostro tempo. Se bastassero due libri e tre girls, per risollevare il mondo... forse ci sarebbero meno scoop, come diceva lui. Anche a me, da una parte, veniva da ridere; dall'altra sbatacchiavo libri. Ma prendiamo atto di tanta cacofonia e passiamo ad altro, 'ché come fenomeno sociale è stata già esaminata con tutti gli strumenti possibili.

Quante energie sprecate, quante occasioni perdute, come quella di salvare una democrazia traballante... anche a questo lavoravamo, in quegli anni. E questo relegava turbanti piumati, schede perforate e loro simili, che erano legione, ai ritagli di tempo.

I loro simili... per dirla con Camus, né allora, né oggi abbiamo perso il gusto per i nostri, di simili. E questo è il vero scandalo. E lo incida nel bronzo, maître: lí fuori non sono TODOS CABALLEROS.

CAPITOLO SESTO

Tula de La Cruz non è "uno dei tuoi soliti soprannomi", come suole rinfacciarmi colui che me la presentò ufficialmente, mettendo fine a tanti anni di ignoranza, il nostro primo giorno di lavoro in società.

Era tornato da Namnetes col chiodo fisso di aprire uno studio con me, dopo essersi laureato, col mio stesso relatore, mentre giocava nella prima squadra di rugby del Portus Namnetes, e conquistava miliardi di fans. Insomma, si capisce che rasenta la perfezione. E che sto parlando di Ernesto Sanjuán Benlluire. Detto Sanjuán.

La sua era una tesi trasversale, che è sempre meglio di multidisciplinare: in diritto costituzionale, con incursioni nel diritto civile e internazionale. I diritti fondamentali degli adolescenti, in parallelo con il principio di autodeterminazione tra i popoli. Il titolo suonava più o meno così: "Dal protettorato all'indipendenza: i grandi minori". Come lui stesso, fenomeno dell'ovale a diciassette anni e, per sua fortuna, all'Alianza.

La facoltà di diritto era quella di Namnetes, distretto de La Libertad; il relatore Màximo B. Namnetes, nativo ed omonimo. Eppure mi chiedevo che accoglienza avrebbe riscosso il capitolo sull'erotismo e relativi diritti civici garantiti. Anche se Stendhal, che aveva capito tutto e mi aveva rasserenato varie volte, sosteneva "On commence par là à seize ans".

E invece fece il botto, proprio come allo stadio, nell'anfiteatro, che era, dopotutto, una specie di stadio; con me e Jorge Ventura Romualdi, un giornalista nostro amico, nel bel mezzo di un gruppo di aficionados. Subito dopo e solo in presenza degli intimi, annunciò il suo ritorno all'Alianza e il matrimonio con Sylvia.

Nel nome un destino: la ragazza è impegnata in tutte le iniziative pubbliche e private di difesa della natura, dalla foresta amazzonica alla pineta a sud di Ferreñafe, assediata dal centro commerciale di Profondo Rozzo, cumenda locale. E' stata lei, prima ancora della Municipalidad, a munirmi di borse per la spesa riutilizzabili e bidoni per la raccolta differenziata, ma mai e poi mai mi convincerà a mettere la cassetta del compost in giardino! C'è un limite a tutto, soprattutto per il mio odorato!

L'Attacco del Portus Namnetes e la Difesa della Natura si sistemarono in una casetta in Plaza Mariano, a venti metri dalla casa di mio nonno in Heliantos, che ricordava le casette inglesi di Sheffield, sicché proprio "a Sheffield" cominciammo ad andare a pranzo. Ci sarà un termine, in psicologia, per la mania dei nomignoli?

Indi, Sanjuán si autoproclamò mio praticante. Non ricordo di aver firmato la dichiarazione da presentare al Colegio de Abogados. Deve averla falsificata lui. Héctor Ricardo accettò che occupasse il lato corto della mia scrivania; annotava meticolosamente tutto quello che dicevo del mestiere, ma non credo che ne avesse bisogno. Almeno in diritto civile, era evidente che ne sapeva molto più di me.

Nelle settimane successive, l'organo di autogoverno cominciò a tirarmi per la giacca perché mi iscrivessi all'albo dei difensori d'ufficio; no, non si era rivelato un giovane Perry Mason in sostituzione dell'avvocato Ricardo: era la penuria di esercenti il nobile incarico, che anni dopo, crise oblige, sarebbe diventata un surplus.

Ci ho sguazzato dentro fin dall'inizio. E questo ha fatto di me una piccola star, oltre ad essere la ragione della mia sconfinata disponibilità, che qualcuno, riducendomi al suo livello, ha ridotto ad accaparramento di magistratura. No. Mi diverto. Altrimenti col fischio... neppure per segnare quei gol da manuale che fanno che i colleghi mi fermino in corridoio e mi chiedano dei consigli o gli imputati, furbastri esclusi, tornino da me per i sinistri stradali, quando cambiano senso alla loro vita. Combattere con la pubblica accusa, l'attesa dell'uscita del giudice dalla camera di consiglio, la chiacchiera e lo scambio di dritte col collega che siede vicino a me, in aula, e, da un paio d'anni, la possibilità di lanciare qualche occhiata falsamente professionale alla bellissima Beatriz Portocarrero, giudice di prima istanza. Questo è il mio posto. Anche quando mi ci sento fuori posto.

Avevo anche degli attacchi d'ansia, e Héctor Ricardo ci rideva su, come se lui ne fosse esente. Sanjuán mi accompagnava in tutte le aule giudiziarie, e reciprocamente, quando raggiunse l'anno di anzianità necessario per iscriversi all'albo dei difensori d´ufficio.

Nella nostra lingua non c'è un termine equivalente a "épanouissement", *et pour cause*: meno ce n'è, nella vita dei nostri concittadini, più sono inclini ad appecoronarsi. Traduco, schifosamente, come "rigoglio personale". La mia belle santé, credevo.

Ma ero in anticipo di qualche anno; e a Palazzo, di Giustizia, svernava La Gringa. Questa volta la notai.

L'avevamo lasciata sul bordo della piscina, ad aspettare che Carlos emergesse. Imboscatosi Carlos, era scomparsa. Io non l'avevo guardata bene e, forse per questo, m'incazzavo come una tigre, quando qualcuno osava farmi notare che era leggermente arrivista, con una vaga cortigianeria, sui bordi...

E invece si, lo nascondeva molto bene e, temo, persino in buona fede, a quei tempi. Avrebbe dovuto mettermi sull'avviso quel parlare di giuristi importanti come noialtri parlavamo delle figurine dei calciatori. Portava in giro per il Palazzo e per conferenze, seminari e coffee break, la sua espressione tormentato-concertante. Dopo molte insistenze, Haya le aveva assegnato qualche piccola collaborazione, ma l'aveva ben presto lasciata in panchina. Quello fu l'unico indizio del quale tenni conto. Ma, si sa, gli indizi devono essere più di uno.

Riassumendo: ci fu qualcuno, un solo imbecille, che se ne innamorò, prese la sua inibizione per romanticismo e ci mise quattro anni per capire che lei lo considerava un servo della gleba, uno che andava in cerca di promozione sociale, di un pigmalione, insomma uno molto simile a lei. E nel frattempo buttò all'aria famiglia e molto altro.

Jean-Paul Alexandre-Marie Geoffroy Frei. Il sottoscritto.

E mentre Sanjuán, per la fraternità prossima al favoreggiamento che lo ha sempre contraddistinto, m'incoraggiava come sempre s'incoraggia l'imbranato che non riesce a spiccicar parola con l'oggetto del desiderio. Mentre Julio, dopo essersi sorbito la confessione dei miei sentimenti, mi dava uno sganassone che sento ancora e mi cacciava di casa. Mentre accettava un posto d'illustratore a "El Atlántico" di Namnetes, escludendo espressamente, nel contratto, la cronaca giudiziaria. Mentre si stabiliva, con Paul, in una linda casetta a Cortamanga, che è tuttora il suo quartier generale. Mentre versavo lacrime d'inadeguatezza e mio padre tornava a preoccuparsi come quando, da ragazzo, ero insidiato, parole sue, da un trentenne, Don Mario tagliava i ponti ed evitava di incontrarmi.

E quando Carlos, cappotto grigio e sciarpa blu, mi vedeva per strada, mi rivolgeva un breve sguardo sdegnato e tirava dritto. E mi faceva comodo generalizzare, dire che era il solito ras scostante...

Con questo coacervo di dubbi e con il criminale entusiasmo che, da allora, si è solo attenuato, festeggiai il Capodanno del 2000 nella Plaza de Armas di San Bartolo, con Inma, Sanjuán, Leonardo e altri, ma senza di lei, ça va sans dire, e un'insoddisfazione costante, che mi rifiutavo di ammettere, e che scompariva al primo sguardo ansioso della tizia. Non ce n'erano mai due consecutivi. Era una donna che non aveva mai ricevuto una gentilezza gratuita, neppure dai propri genitori. Ceci explique probablement cela.

Don Mario tornò a rivolgermi la parola solo in estate, una sera in cui Julio mi aveva dato appuntamento in Plaza de los Héroes per consegnarmi il pupo, ormai adolescente e autodeterminato, prova vivente delle tesi del mio socio e permettermi di recitare la parte del padre separato e civile.

Portava una camicia marrone stampata, stile Roger Taylor in non so più che foto ufficiale ed era seduto a metà dello sportello della 124. "Mi fermo solo un paio di giorni", diceva il mio ex ragazzo, "L'album esce in ottobre".

L'altro s'illumina. "Aspetto l'invito alla presentazione". Per un istante si oscura, vedendomi arrivare, poi si riprende, stringe la mano a Julio, mi lancia un rassegnato "Ciao, coglione" e se ne va verso il locale senza voltarsi indietro.

Con Julio, che non serba rancore, le cose si aggiustano presto. Come una sedia a tre gambe, nel nostro caso, ma si sono aggiustate.

Io e l'ammiraglio equivoco, però, continuammo a far finta di non vederci per molto tempo ancora. Qualcuno doveva pur presentarmi il conto.

Habla el Pueblo: habla Julio.

Quello che ti stupisce di più, è il malumore che t'invade e del quale non ti saresti mai creduto capace. Ma chiamiamolo col suo nome: risentimento.

Risentimento e una certa ipersensibilità, forse, per le mie minoritarie cosas de amores. Prima, l'omofobia era cosa da trogloditi, signora mia, che sarà mai, al giorno d'oggi...! Non ricordo di aver fatto quello che i ragazzi chiamano "Coming Out". Nessuno è mai venuto a chiedermi da che parte fossi, nessuno si è stupito quando ho portato a casa Geoffroy, o qualcuno prima di lui, o qualcuno dopo. Vivi e lascia vivere.

Adesso, sembrava che tutti gli zotici si fossero dati appuntamento in Plaza de los Héroes, per guardare il mostro da niente, lanciare una battutaccia e la metà delle volte era la mia immaginazione. Trasferirmi, avere a che fare, i primi tempi, con degli sconosciuti, con facce diverse, mi ha salvato.

Ma forse i tempi stavano cambiando. Non era ancora la grande crisi, ma non ero neanche l'unico frustrato dell'Arcipelago. La miseria umana aveva appena cominciato a diffondersi. Seguita a ruota da razzismi e discriminazioni varie.

L'abbandono di Geoffroy, perché questo è stato, mi aveva reso più sensibile e meno reattivo. Anzi, paranoico. Ma non revanchard. Se una qualsiasi vendetta fosse stata utile, se un qualsiasi gesto, dopo quella sberla, avesse potuto restituirmelo, non avrei esitato.

Nulla poteva fermarlo in quella cazzata, basata su un

complesso del quale ancora oggi, se non sta attento, è vittima: m'innamoro di chi mi guarda dall'alto in basso, perché chi mi sorride è un nemico che vuol fregarmi. L'algida carampana (so di cosa parlo, sono un disegnatore) che lo fissava (e non ha ancora smesso!) per marcare il suo territorio, aveva la meglio sul compagno di tanti anni che lo prendeva in braccio, forse un po' confuso, ma sempre presente. Non so che complesso sia, forse il complesso di Cenerentola, se Cenerentola fosse nata maschio.

Risentimento, e tanto, e nascosto dietro la mia faccia di bronzo per non alimentarlo. Per non farne la mia droga. Mio padre mi aveva dato le chiavi della casa di Cortamanga, semiabbandonata e l'indirizzo di Domingo Pinasco, il direttore de "El Atlántico".

Mio fratello mi aveva detto, accompagnandomi al porto, di attingere alle mie risorse; diversamente da altri, diceva, ne avevo tante; quando vidi, per la prima volta, il giorno dopo, la piana di Cortamanga, e quasi mi scoprii capace di apprezzare quel paesaggio, le colline sullo sfondo, la mia mano sulla spalla di Paul già altissimo, capii cosa voleva dire. Non lo avrei deluso.

E' stata una gran soddisfazione, comportarci da persone adulte, io con la mia incazzatura e Geoffroy col suo senso di colpa, ma determinati a non far più male né a noi stessi né l'uno all'altro. A non aggiungere tristezza alla tristezza, finché non è passata, e prima a me che a lui: non ero io la vittima delle sue scelte del menga.

Semplice considerazione. Ne è passato, di tempo.

CAPITOLO SETTIMO

Guarito il nonno, mi dedicai, dunque, a correre dietro alla Gringa. E ad aprire, con Sanjuán, uno studio legale, in un locale sgarrupato, ma dal padrone simpatico: era sui bastioni, poco lontano dagli studi di Radio Ferrenafe NP4TD (No prayer for the dying). Vedevo tutti i giorni Fred e Leonardo, che si scambiavano le consegne, dal notturno al diurno, quando arrivavo al lavoro; e si affacciavano alla terrazza per salutarmi, ma soprattutto per sfottermi, quando affrontavo la muraglia in bicicletta.

Dormivo nel mio sgabuzzino, all'Alianza, in un provvisorio che sarebbe durato tre anni. Cercare casa? Non mi veniva neanche in mente. L'heimat era Julio, che mi aveva mandato via; e la porta non si sarebbe più riaperta, lo sapevo e ne soffrivo, pur raccontando a me stesso di essere un Eroe Romantico. E neppure mi sfiorava l'idea di vivere con la Gringa; più che il mio complesso d'inferiorità, sentivo che non faceva parte del piano. Avevo raccattato da mio zio Arsenio un divano clic-clac di similpelle marrone, che suscitava l'ilarità dell'Ernesto nazionale, meno per la collocazione che per la sua irritante tendenza a scrostarsi; e sottratto al deposito alcuni armadietti da spogliatoio. Ogni tanto torno ancora in quella stanza, attualmente assegnata, ed è solo giustizia, a Marcelo. Ma sopporto il revival per poco.

Di rado vedevo Plaza de los Héroes e i suoi residenti; solo quando, per lavoro, mi recavo dal Defensor del Pueblo, in una specie di magione lignea coloniale, sulla cui data di costruzione non giurerei. Quando uscivo, l'insegna del Don Mario mi certificava la sua esistenza in vita. Frequentavo poco la Revista, dove non incontravo mai Haya. Per varie ragioni, tutte futili, mi risultava più comodo scroccare "La Prensa" al nonno che "La Vanguardia" a Marcelo e non degustavo più a sbafo gli interventi del saggio.

Fino al giorno in cui Julio, ispirandosi a Maometto e ai suoi seguaci, venne di persona a portarmi una copia del suo secondo album; uno dei personaggi, sessualmente iperattivo, aveva un nome da rivista di viaggi e mi somigliava molto. Era l'elaborazione di una cartella di frenetici disegni, di quando ci eravamo appena conosciuti e non facevamo ancora l'amore, ma ci pensavamo già.

Aveva mollato il ciclismo, seguendo la strada tracciata l'anno prima da Sandra Chacha.

L'altro Chacha, dal canto suo, aveva problemi in famiglia e lo vedevamo sempre depresso, specie durante le feste: come quella mattina, verso Natale, in Avenida de los Cien, carico di pacchetti che stridevano con l'amarezza che gli si leggeva in fronte.

Diego aveva appena inaugurato il suo ristorante, a Punta Manzana, all'estremo ovest del golfo; avrebbe voluto chiamarlo "Lo Sport Nazionale", ossia, secondo un nostro vecchio modo di dire, l'abbuffata. Ma temeva la confusione con un semplice ritrovo di bighelloni. Finalmente, l'altro ieri ci sono andato a pranzo; per scoprire che, ormai, Diego era più simile a Placido Domingo che a Macchia Nera e che era come se ci fossimo lasciati cinque minuti prima. Dicono che sia normale.

Insomma, la vie est un long fleuve tranquille, ed eravamo tutti alquanto distratti, quando caldeggiammo le candidature e l'assemblea elesse, nel comitato direttivo del 2002, due non troppo singolari personaggi che, a scanso di diffamazioni, chiameremo Quico e La Chilindrina. I genitori, socios, avevano regalato loro le quote. Avevano l'apparente età di Sanjuán, il quale, come me, festeggiò l'elezione con un sonoro "Largo ai giovani!", certo frutto dei suoi principi in materia di autodeterminazione; ce ne saremmo dolorosamente pentiti. E ancora oggi, pensando a loro e al criminale entusiasmo, l'efferato "volemose bene" che Paul-Henri ha avuto la scelleratezza di trasmettermi, mi chiedo come facessero ad essere così giovani e così gretti. Ma preferisco ancora mio padre.

Credo avessero preso l'Alianza per un Country Club, uno di quei circoli che credevamo passati di cottura; erano meno determinati di me nel 1994, senza contare la mia intolleranza verso le riserve indiane, di qualsiasi genere, natura e quota di associazione. Non erano né depressi né disorientati e, più che mollare, come meditavo di fare io, o cercare d'imparare, come mi aveva spinto a fare Carlos, cazzeggiavano, sicuri di trovare sempre qualcuno pronto a salvarli. Il che non impediva loro di sbattere in faccia a chiunque incontrassero la loro nuova carica. Perdevano giornale intere a starnazzare, al telefono della sala riunioni, a vantarsi con i loro amici e pari, lanciandosi in castelli in aria, che avevano come tema principale l'Alianza, e più simile alle loro fantasie wasp in salsa alla burina che a una polisportiva nella quale si poteva entrare a nuotare anche equipaggiati di una borsa vintage e di una retina sulla testa.

Ancora teoria della costituzione materiale ed effetto di dimostrazione? Agli esperti il verdetto. Nel frattempo, ero l'unico a presidiare la sede; e solo perché ci dormivo dentro. Chiamatemi pure Chavo del Ocho, già che ci siamo.

Dall'ufficio-abituro, per la cronaca comunicante con la sala consiglio, durante mesi sopportai stoicamente tutti i loro comizi, maledicendo il polistirolo delle pareti; poi, un pomeriggio, fui svegliato di soprassalto da un neanche insolito "E che i pezzenti se ne vadano di qui", detto dalla Chilindrina, quella che più vivacemente contrabbandava il suo orientamento a sinistra. Irruppi in sala consiglio, le sfilai il ricevitore dalle mani e lo riagganciai con una forza tale che temetti di spezzarlo in due. "Pezzente sarai tu e tuo padre!". Non molto diplomatico, lo ammetto.

Ma il nonno aveva sentito tutto ed era fiero di me.

Fatalmente, l'atmosfera cambiò. Una mattina, come tutte le mattine, mi ero alzato, avevo preso il caffè e scritto il diario. Stavo andando al lavoro, svogliato, ed avevo fatto tappa, per un altro caffè, al bar davanti al centro sportivo. E quelli che, fino a qualche mese prima, accoglievano il mio arrivo sorridendo, o almeno così sembrava all'astigmatico che sono, adesso mi guardavano come una mosca sulla schiuma del cappuccino.

Misi a fuoco: e scoprii che anche loro, come me, avevano trovato un mentore, ma non di quelli che ti insegnano a pescare, come era stato Carlos; piuttosto di quelli, e ne conosco parecchi, che fingono soltanto di regalarti la frittura. Dolores Alamo, della famiglia omonima. E non è una famiglia di artisti.

La invitavano al centro sportivo di nascosto, ma lei non mancava di comportarsi come il conquistador che era. Con una disponibilità che mostrava vistosamente la corda, risolveva tutti i loro problemi, assecondava le loro manie di grandezza e, con l'occasione, rifilava loro una o due mozioni, secondo il gusto del clan che, per fortuna, non era ancora il gusto della maggioranza del consiglio direttivo. Il quale le respingeva con benevolenza, credendole errori di gioventù. Per i due virgulti, ogni volta, era un affronto da lavare col sangue.

In vicende come questa, non si riesce mai a conoscere tutta la verità. Ma, frequentandoli, mi era capitato di intrattenermi anche con lei. Che cercò grossolanamente di comprare anche me che, educatamente e fulmineamente, le chiusi la porta in faccia. E il sorrisetto viscido si trasformò in stupore sdegnato, tanto era convinta che tutti gli altri fossero più fessi di lei.

Ci misi un po' di tempo, ma finii per capire che la locusta era l'avanguardia dell'invasione della polisportiva. Una parola qui, un gesto là, avevo ricostruito le intenzioni della famiglia: costituire una sezione calcio; il parere del nonno e, prima ancora, dell'assemblea, non era neanche previsto. In compenso, era prevista la Prima Divisione... e io sono Cristoforo Colombo: non era un telefilm di prima serata, quell'ossessivo starnazzare il nome della serie maggiore, e sponsor che neanche sognavano di interessarsi a noi; mi veniva persino da ridere, finché non ho saputo il cognome di Dolores e appreso delle sue curiose pratiche d'importazione, diceva proprio così, di giovani calciatori dai paesi in via di sviluppo. Detto per inciso, mi sono sempre chiesto, abitando qui, quali fossero i criteri usati per misurare lo sviluppo di un paese. E imboniva i due fessacchiotti, sciorinando la generosità della sua famiglia.

Ero un giovane avvocato esitante, che aveva già rimediato qualche assoluzione per insufficienza di prove e protestava per l'applicazione stitica, in aula, del principio "in dubio pro reo"; ma lo stile di Dolores, le voci correnti nel pubblico, erano tenaci. E riferivano di analoghi impieghi di capitali negli altri, rari settori produttivi della provincia depressa. Insomma, si scrive generosità, si legge riciclaggio. E, come diceva un magistrato celebre, ad uno dei miei corsi d'aggiornamento, il processo e la vita sono due cose diverse: non attendo il terzo grado di giudizio per allontanare mia figlia da un presunto maniaco.

I miei figli erano al sicuro, grazie. L'Alianza no.

Suonai la sveglia, in un giro di telefonate: Marcelo, Sanjuán, Maia, il nonno e tutti quelli che trovai. E misi Dolores alla porta. Del centro sportivo e della mia stanza col divano scrostato, nella quale era usa entrare, senza bussare, a qualsiasi ora, come se fosse la cosa più naturale di questo mondo. Come a casa sua.

Non mi pento di aver cercato di far ragionare Quico e La Chilindrina, che credevo amici, dell'Alianza e miei, mentre qualche altro aficionado già studiava il modo di defenestrarli. Non me ne pento, anche se l'unico effetto è stato quello di scatenare l'ostilità ipocrita, i tentativi d'isolamento, di allontanarmi da Sanjuán, poi da Marcelo, poi ancora da Sanjuán. Meglio prima che dopo.

Ma, da allora, non ho più, per gli altri, gli slanci di quel ragazzo castano, con gli occhi azzurri, un po' pummarò, dicono i Celedoni, che arrivava in bicicletta sui bastioni, per il puro gusto di farsi accogliere dal "Vai che sei solo!" dei due boss di Radio Ferreñafe NP4TD.

Non mi pento neppure di aver tentato di sfogarmi con la Gringa, che mi oppose un silenzio così marmoreo, così privo di classe, quando mi presentai da lei, che qualcuno meno visionario di me sarebbe scappato per sempre e a gambe levate, ma io no. Io dovevo raggiungere un quorum di porte in faccia.

Rimasero dalla mia parte i soliti: Marcelo, Sanjuán, Julio, Leonardo e Fred, Inma e, con l'abituale discrezione, Carlos, che portava fieramente il suo ombrello ufficiale, nei giorni di pioggia; e per tenere a distanza gli scocciatori.

C'était déjà ça, ma non ci credevo più. E, nei lunghi fine settimana da solo, me ne andavo a leggere, o a scrivere, a Plaza de Armas. Senza ricordare che, giorni feriali o festivi, sempre alla stessa ora, poco dopo il mio arrivo, poco prima della mia partenza, usciva e rientrava anche lui. Mi guardava, inquieto, io chinavo la testa sul mio lavoro. Un po' per ingiustificata vergogna, un po' perché non mi fidavo di nessuno, era più forte di me. Fino alla domenica in cui ero talmente preso dalla lettura da non accorgermi che mi si era piantato davanti. Ma sì, malgrado tutto, ci sarà stato un buon libro, in quei mesi...

Alzai la testa.

"Allora, maître Geoffroy?"

Non era per niente incoraggiante, quella rigidità, ma parlai. E non della polisportiva, come forse avrei dovuto. Della Gringa. Del suo classismo. Di come, nella sua megalomania, non avesse capito niente di me e mi prendesse per un tapino, un questuante... mi riscossi. "Abbia pazienza, Haya, con tutti i problemi che abbiamo..."

"Ciao..." mormorò, senza cambiare espressione, quando stimò che mi ero sfogato a sufficienza. Ed entrò in casa.

Quella sera, qualcuno venne a portarmi una lettera. La busta era celeste chiaro, come quelle di Carlos. Anche le iniziali sul retro erano le sue. Ma chi me la porgeva era Florentino Olaechea, per gli amici Flo, della Bento & Olaechea, la sterminata sartoria in plaza San Juan de La Cruz, vicino al mio "tricoartista barbitonsore" (si fa chiamare così). Il testo era nel più puro stile Don Mario: "Invita il latore della presente nel tuo letto e la garzona scomparirà".

"L'ammiraglio aspetta una risposta".

Un po' troppo ottimista. La garzona non si volatilizzò subito. Ma Flo trovò il modo di distrarmi dai dolori ed io feci altrettanto con i suoi, visto che anche lui era un essere umano. Poi s'innamorò e lo lasciai andare, con qualche rimpianto, ma contento per lui. Ci vediamo ancora, quando vado a tagliarmi i capelli; ci osserviamo di nascosto e ogni tanto mi viene da dirgli che, a forza di guardarci, siamo diventati vecchi. E, almeno, per le feste mi arrivano i suoi auguri. E le mie cartoline da Nizza sono prese esattamente per quello che sono: dei saluti, non dei grimaldelli.

Passai in Plaza De Armas molte domeniche ancora, a leggere e a scrivere. Quando passava Carlos, non facevo più finta di non vederlo. Poi smisi di andarci. Non ricordo quando, né perché, quella piazza uscì dalle mie rotte. Ma, per un attimo, spero ancora, in pura perdita, di incontrarlo, quando, per caso, passo di là.

Habla el Pueblo. Habla Florentino Olaechea.

Jean-Paul Geoffroy, Jean-Paul Geoffroy, che ogni tanto passi a salutarci, quando vai a farti i capelli da Raf, ogni tanto vieni a farti un bel vestito, da Bento, il mio socio... aveva ragione tuo nonno: ogni altro modo di vivere è disperatamente fesso. Primo fra tutti quello che avrebbe imposto, a me e a te, di chiuderci in casa a smaltire le nostre pene, dimessi, rassegnati, ma tanto esemplari... la rassegnazione è un suicidio permanente, quante volte ce lo siamo ripetuto, lo abbiamo proclamato, abbiamo combattuto in nome di questo principio. Quante volte, nelle nostre virate, ho temuto di vederti tirar fuori la spada per difendere la dignità dell'essere umano. Quel minimo al disotto del quale dovremmo tutti porci delle domande, a cominciare dai nostri cugini viriloidi, quelli che pensano che essere uomo sia avere una moglie al seguito, stile barboncino, meglio se risentita, da portare a spasso ogni tanto e mollare a casa per raggiungere altri bovini al Petanco, un baretto da quattro soldi, unico divertimento consentito ai padri di famiglie a schiera.

Quico e La Chilindrina, come li chiamavate voi, si avviavano verso questa fulgida carriera, La Gringa anche. E noi? Eravamo forse meglio di loro? Non lo so. Ceux qui se la font belle, on ne leur fait pas de fleurs, Jean-Paul Geoffroy, me lo cantavi sempre tu.

Quelli che se la godono non ricevono favori. Ne avevamo fatto anche una maglietta, ma Bento non ha voluto metterla in vendita. È il prezzo da pagare, lo abbiamo pagato e continueremo a pagarlo. Per forza o per amore, ridendo o stringendo i denti, come un re o come un poveraccio. E ne andremo fieri.

E visto che sei venuto da me a causa della garzona, o io sono venuto da te, comunque, c'era di mezzo la garzona, va da sé che non fa parte del nostro club.

"Ceux qui se la font belle" non hanno bisogno di ostentare; di recitare lungo il corso la versione XXI secolo della signora impellicciata di paese; di contrabbandare amicizia e complicità (mai con la donna delle pulizie, eh?) sulle reti sociali. Ceux qui se la font belle? Qui siamo ancora a "nel parere a noi felici ogni lor felicità"... prima o poi dovevi lasciarla lì, nel suo universo d'accatto, con i gusci umani vuoti che è riuscita ad accaparrarsi, qualcuno anche a tue spese.

Bon, almeno questo sono riuscito ad insegnartelo. A fare sul serio. A flamber e a non accontentarti. Perché, scusami, Jean-Paul Geoffroy, ma a quell'epoca eri un po' "Predica bene e razzola male".

Quanto al resto, compagno, cosa volevi, quando ti sei messo contro la Consorteria? Si, insomma, la cricca degli Alamo... o credevi che la Consorteria fosse una fabbrica di conserve di San Martín de Porres?

E tutti questi sono ricordi. Oggi vedo me e te come due grandi alberi sulla riva del fiume e si, forse ci siamo fatti vecchi, Jean-Paul Geoffroy. Ma non ci ha ancora abbattuto nessuno.

CAPITOLO OTTAVO

Vivevamo nel mito dell'Alianza pulita. Facevamo la siesta all'ombra dei principi del nonno; il massimo dell'irregolarità era l'utilizzo del 32 pollici della sede, per seguire il Tour de France; la più soverchia delle pretese il posto in squadra, senza mai scivolare nel cretinismo della competizione interna. I ragazzini non venivano messi in concorrenza dai genitori nella speranza di fare soldi. Nessuna madre si scrostava le unghie per aggredire l'allenatore, dimentico dell'infante. I figli dei dirigenti venivano trattati come tutti gli altri. Perfino quel democristiano di Marcelo aveva l'ottimismo della volontà. E sapeva che, come lui, miliardi di altre persone, in questo vasto mondo: perché avremmo dovuto essere un'eccezione?

Eravamo certi, infine, che una coppola storta avesse a disposizione talmente tanti settori nei quali esprimere la sua vena artistica, si fa per dire, che l'ipotesi di un'invasione era fantascientifica. E chi l'aveva presa in considerazione? Eppure, era stato così. Già sento il sessuomane di turno parlare di verginità perduta... ma mi faccia il piacere!

Prima di smettere di ruminare sull'argomento, avevo passato molte notti in bianco, assediato di giorno dai sabotatori, con i quali speravo ancora di addivenire a un gentlemen agreement.

Sylvia mi restituì il sonno, somministrandomi una ripugnante ma efficace pozione. Suo marito ci mise il sostegno morale. Ne avevo bisogno, come tutti, in quella lunga stagione di ostilità, dispettucci infantili, ostentazioni varie, mancanze di rispetto dolose e colpose, alle quali, più che mai, cercavamo di rispondere con nonchalance. L'unica cosa da fare era porre dei limiti, ergerci tutti a garanti della Costituzione dell'Alianza. A cominciare da Haya che, potreste dubitarne? Era dei nostri. Come ai tempi del putsch.

Pedalando per Campo del Oro, lo vedevo entrare o uscire dalle casette, villini, villette, di avenida La Paz, la strada principale, nonché quella che vantava la maggior densità di socios e aficionados. Venni a sapere che impartiva dei mini-corsi della sua specialità, con particolare riguardo al principio dell'alternanza; missione diplomatica che, proprio come nel 1989, aveva intrapreso spontaneamente, volontariamente e senza sollecitare il parere della dirigenza. Che, anzi, non doveva sapere. D'altro canto, quale miglior ambasciatore? Meglio di Kofi Annan, diceva il mio socio.

Ed era arrivato anche un altro momento: uno di quei giorni... no, ricordo troppo bene che era l'equinozio di primavera, presi anche la porta in faccia definitiva dalla Gringa, a causa di un problema professionale che ci aveva coinvolto entrambi e nel quale Héctor, che non c'entrava nulla, mi aveva salvato.

Certo, io non le chiedevo di rimediare, sic et simpliciter. Volevo, in più, il riconoscimento come persona umana. E perché non il titolo di baronetto, già che ci siamo? Alle mie insistenze, rispose sciorinando tutti i miei tentativi dei quattro anni precedenti. Bella memoria. Ed era talmente schifata che, evviva, decretai che avevamo raggiunto l'ultimo grado di giudizio.

Passata la tempesta, avrebbe avanzato, lei, la pretesa di "restare in buoni rapporti pur senza avere granché da dirci". Era una delle prime stupidaggini del XXI secolo: e non l'aveva neanche inventata lei. Ma cosa vuol dire "buoni rapporti"? Come Dolores, quando ancora taccheggiava in sede? Di tutti si lamentava e tutti diffamava, ma con tutti voleva mantenere "buoni rapporti". Grazie, non fumo. E mantengo un vero dialogo con la maggioranza dei miei interlocutori, ivi compresi amanti, ex amanti ed amanti mancati; non ho motivo di adescare il resto del mondo.

La sua sparizione dal circondario, tempo dopo, per un transitorio avanzamento di carriera, mi avrebbe alleggerito non poco.

Tutto crollato. Tutti giù per terra. Si ricomincia.

Nell'estate 2003, per un singolare concorso di circostanze, come dico alla Portocarrero quando sono a corto di argomenti,

Victor Raúl Celedoni, detto Roberto, fratello di Florentia, mia amica e compagna d'università, apprese in modo singolare delle mie difficoltà e di quelle concomitanti della polisportiva. Non dalla sorella, che non chiamavo da mesi. Dal nostro comune guru, il dottor Vicente Libe, nativo della cittaduzza, ivi e nella capitale titolare di studio, che aveva raccolto il suo stanco lamento di Giovane Imprenditore della Comarca Bartoliana, appena divorziato e stufo del mattone; e si era lasciato scappare, violando indecorosamente il segreto professionale, i miei assilli uguali e opposti. Celedoni colse l'occasione e fece incontrare l'offerta e la domanda.

Anzi, molto di più. Un coup-de-foudre, sotto la pergola della casa in collina; era arrivato, con Florentia e Valerio Pinedo, il nostro antico leader, per presentarsi a mio nonno e candidarsi a manager. Credo che, pur di uscire dalla sua personale camicia di forza, avrebbe accettato anche un posto di raccattapalle tennistico, caso classico di sfruttamento del lavoro minorile.

E perché no? Dopotutto, avrei detto al nonno, anche la Santajusta, trent'anni prima, si era associata ad un contabile... chiedesse a Figueredo, se non ci credeva.

Non ci lasciammo più. Dopo quindici giorni avevamo comprato la casa in calle Heliantos, quella nella quale avevo vissuto, da ragazzo, con mio padre. Il divano clic-clac, spelacchiato come non mai, fu rivestito con una stoffa a fantasia cashmere dello stesso colore e collocato davanti al televisore, a destra di una delle vetrate della sala.

Ripresi possesso della mia antica stanza, ma non di un'adolescenza ormai remota e lasciai a Celedoni l'antica camera di Paul-Henri. Dopo tanti anni, posso affermare che è il mio miglior matrimonio. Bianco. Abbiamo cosas de amores di carattere diverso, e amanti diversi. Avremmo presto smesso di vedere il Guru, che, in realtà, è un serio professionista; ed io mi ripromisi di non fare più il piscione, come dicono i miei figli. Lavoro che non durò una settimana, a giudicare dal mio diario e dal suo.

Vaste programme; e c'era ancora l'Alianza da salvare. Haya

si dedicava alle vecchie glorie, ai soci più anziani; il mio nuovo compagno d'avventura usava maniere da carrettiere per scuotere me e gli altri. "Dottor Celedoni" sentenziava il nonno "saremo costretti a fare a meno delle sue competenze, se non correggerà il turpiloquio".

"Voi siete convinti di vivere a Disneyland", bofonchiava lui, soprattutto quando mi stupivo di una nuova performance dei due fessacchioni. Per trattare con i quali mi rifilò una dritta del lavoro a maglia: "como se presentan los puntos". Né un gesto di più, né un gesto di meno. Saranno mica, quei maglioncini da fighetto, delle volgari imitazioni?

La premiata ditta Chilindrina & Quico, che non si misurava mai con qualcuno più forte di lei, lo evitava. Continuavano a ricevere suggerimenti, per così dire, dalla Consortería, ma fuori dalla sede e, ogni tanto, tentavano di rimorchiare uno dei nostri. Il più ricercato era Marcelo, quello che dedicava più tempo ed energie all'Alianza ed era pubblicamente riconosciuto. Marcelo li mandava a quel paese, evitando le parolacce, per amor del presidente; e loro puntavano su Maia o Sanjuán. Mai su Celedoni. Mai su Fabrice Lézard, che pure aveva una certa influenza sul nonno; ma opponeva loro, quando li vedeva, una facies marmorea quanto sdegnosa.

Dopo il gesto dell'ombrello di prammatica, Marcelo mi guardava storto per un paio di mesi; riteneva che io avessi messo la polisportiva in quel guaio; non a torto: avevo votato per loro, lui no. Per fortuna, gli assalti alla diligenza non si verificarono con tale frequenza da renderci nemici.

Malgrado quello che ho avuto la faccia tosta di definire "Il nostro confino in un telefilm americano", ci capitarono anche momenti tranquilli, e una vita oltre lo sport, nella quale potevo dedicarmi all'arte e, talvolta, al Don Mario, dove accompagnavo Julio, quando veniva a trovarci. E c'era sempre un impercettibile rimprovero, negli occhi dell'anfitrione. Julio gli portava in regalo disegni, che ritrovavo incorniciati nei corridoi della Fortezza.

Nel frattempo, anche Sanjuán si era ritirato dallo sport; da qualche anno si iscriveva all'esame per diventare avvocato. E collezionava bocciature, tre o quattro, come molti di noi, lui che ne sapeva più di tutti noi; e anche i lazzi di Quico e della Chilindrina, uno dei quali si vantava, con criminale soddisfazione, di essere riuscito nell'impresa al primo tentativo, cambiando distretto, pagando una tangente e, per giustificare la nuova residenza, autocertificandosi convivente della scema del villaggio. Così si usava allora, e, temo, ancora oggi.

Col mio socio, questi argomenti non reggono. Uno che rasenta la perfezione affronta questi ed altri tre anni. Grande Sanjuán.

E, con noi, tre anni di trincea, sempre sulla difensiva, sempre pronti a respingere gli attacchi, le mozioni astruse, a contrastare le irregolarità smaccate, le note spese gonfiate che Quico & La Chilindrina mettevano regolarmente sulla nostra strada.

Ci liberammo il 14 luglio del 2006: *Allons, enfants de la Patrie...* da alcune settimane si era riaccesa la guerriglia; non ricordo cos'avevo detto o fatto; ogni volta, il disprezzo della Chilindrina saliva di un livello e abbracciava tutto il mio albero genealogico, ivi compreso zio Bernardino, che veniva a trovarmi in sede e veniva colpito da dei "sssalve" carichi di boria. Quico, invece, strillava e saltava sulla sedia, come la zitella delle barzellette davanti al topo.

Seguivano le rappresaglie, nel solito stile provincialotto, piccole provocazioni, risatine dietro le porte, e tutto il bazar, che, in sé, mi offendeva meno della presunzione di cretineria che coltivavano nei miei confronti. Sempre in assenza di testimoni o in presenza del solo Sanjuán, che speravano ancora di portare dalla loro parte. Dev'essere questo, il mobbing. Una ragione in più per fare, come faccio, il lavoratore autonomo.

Ed avevo scoperto che anche l'hombre hecho y derecho che ero diventato, onta su di me, ne soffriva. E questi devono essere gli effetti del mobbing. Dalla Francia, mio padre liquidava: "La cour de l´école... anzi, che dico, la cour de la maternelle!".

L'istinto di sopravvivenza mi disse che dovevo trasferirmi in un posto dove non si facevano mai vedere. Ad esempio, nella saletta dei trofei. E potevo, a differenza dei veri mobbizzati.

Svuotai l'unico armadietto ancora occupato; trasformai un lato dell'enorme tavolo in piano di lavoro, suscitando in Marcelo, che da sempre occupava il lato opposto, un incontenibile entusiasmo: un evento di per sé. I due coatti capirono che potevano farmi tutti i pacchi che volevano, non mi sarei mosso. E allora annunciarono la messa in vendita le azioni piovute dal cielo, ovviamente accusandomi di aver reso la situazione insostenibile. Per omissione?

Se avessi saputo, l'avrei resa insostenibile molto prima: ma queste sono conclusioni che arrivano *dopo*. Celedoni, che aspettava da tre anni, esercitò l'opzione su tutte le quote, salvo un'unica frazione che, simbolicamente, si riservò Carlos.

Quel 14 luglio, un venerdì, io e il mio socio pensavamo a tutto, fuorché ai nostri rispettivi problemi. Eravamo a Ciudad Morales, una città che ha il colore della metropoli, l'odore della metropoli, ma non è una metropoli. Il palazzo di giustizia era deserto con quindici giorni o con due ore di anticipo e lui si sentiva stranamente contento, senza un perché.

Tornati nella provincia profonda, lo lasciai davanti casa. Sui gradini, ad aspettarlo, Sylvia. Poche cose detesto più del ruolo di guardone, sicché ingranai la prima e sgommai verso il Malecón. Al centro sportivo, ancora una volta, mi aspettava Marcelo, per la Tappa del Tour de France.

Costui, sentendomi arrivare, si alzò dal divano e mi venne incontro con un sorriso da satiro; per un attimo temetti il crollo del mito: Marcelo, il democristiano, onesto padre di famiglia, presidente del comitato genitori... anche lui?

Anche lui Canada Dry. Come se stentasse ancora a crederci, come se la notizia, detta a voce alta, potesse annullare l'evento, sussurrò: "Non senti, che pace? Se ne sono andati!". E, alzando la voce "Non volevano congratularsi con Sanjuán".

Sapevo cosa voleva dire. Ma volevo la conferma espressa, dopo tre anni di smentite. "Ma si, Sanjuán è dei nostri, collega!".

Era andata proprio come voleva lui. Aveva dimenticato il telefono a casa e, quando era tornato, aveva trovato decine di chiamate e un numero imprecisato di messaggi, tutti di congratulazioni.

E lui, a casa con Sylvia, era il meno entusiasta di tutti: il titolo gli spettava di diritto, da anni.

Ci sono giorni, nella vita, come questo.

Cambiammo studio. Due stanze in Paseo De la República, con ingresso nella galleria commerciale più antica di Ferreñafe, accanto alla vetrina di La Gatta Coiffure, dell'omonimo Andrés, maniaco sessuale e make up artist ufficiale del Don Mario, di Don Mario e di Carlos Haya Villadáliga; a volte, passando, salutavamo il suo riflesso nella specchiera.

Ma il trasloco mise definitivamente fuori rotta gli altri posti dove lo vedevo; e, con l'aumento del carico di lavoro, si diradarono anche le visite alla Revista.

Adesso mi affaccio al balcone dello studio, con la statua del Padre della Patria che mi volta le spalle, e rimpiango.

Habla El Pueblo: Habla Celedoni

Le cose non sono andate proprio così. E' vero, Vicente Libe, durante una seduta, mi aveva detto dell'Alianza e di Geoffroy, che ricordavo come uno stronzetto, che studiava diritto costituzionale comparato con Florentia, che ogni tanto piombava nella nostra casa di San Bartolo e mi trattava come un giovane coatto viziato. In sostanza, ai tempi dell'università, l'uno pensava dell'altro: "Ma chi ti credi di essere?".

Si era d'estate e non avevo niente da fare. Pinedo e Florentia stavano organizzando, con gli altri compagni di studi, "Una festa a sorpresa a casa di Geoffroy". E poi sarei io, il coatto... Flor, da buona sorella, m'immaginava derelitto, in quel residence della capitale dove avevo aspettato il divorzio... invece ero a Orrantia, la città più bella dell'Arcipelago, dove ho una bella casa e dove Geoffroy non era mai stato. E mi rompevo lo stesso.

Gli altri avevano declinato l'invito. E noi tre ci eravamo trovati sotto la pergola della casa in collina di Jean-Paul, il nonno, in attesa di capire, quando si dice una sorpresa, se la casa fosse abitata o se tutti fossero andati in vacanza da un'altra parte.

Finché qualcuno non scavalcò il cancelletto d'ingresso, alto mezzo metro, ed era proprio lui, ormai quarantenne, con in braccio una bicicletta rossa.

Abbiamo cominciato a parlare; e non era più il coatto che si misurava con lo stronzetto.

Solo dopo giorni mi è venuto in mente di chiedere a suo nonno se l'Alianza avesse bisogno di aiuto. Solo dopo due o tre mesi, approvata la mozione che mi nominava "Directeur Général", mi sono ricordato di quello che mi aveva detto Libe sulla polisportiva e sullo jellato nipote del presidente.

Ho liquidato tutto, senza neanche pensarci, comprato la casa di Heliantos, sistemato moglie e figli, i quali, da allora, invadono Ferreñafe e si coalizzano con i figli di Geoffroy, mentre a Orrantia, nell'altro mondo, le rispettive ex si frequentano, ma non per lapidarci entrambi, come a volte meriteremmo.

La bella casa di Orrantia, con vista sul fiume, è stata l'unica cosa che ho conservato. Vivendo a Ferreñafe, ho capito che, per non deprimermi, devo cambiare scenario di tanto in tanto.

La prima volta che siamo stati insieme a Orrantia, invece, abbiamo capito che il nostro era davvero un matrimonio, con buona pace dei suoi amici bigotti. Ci torno spesso. Quando viene anche lui, trovo sempre il modo di insinuare che un giorno potremmo stabilirci lì, ad esempio quando gira su sé stesso per meglio ammirare la piazza grande. E lui, invariabilmente, risponde: "Si, certo, a cose fatte". E, tra Ferreñafe e Campo del Oro, le cose non fatte abbondano. Accidenti a lui.

Oggi, ad esempio, consistono in qualche problema col suo innamorato. E siccome l'amore è sempre quello che lo frigge di più, sarà meglio che vada a scollarlo dal computer, prima che rincretinisca del tutto: sta consultando tutti i coach on line che conosce.

Malgrado loro, le cose si faranno.

CAPITOLO NONO

Paul si era iscritto all'università, a San Bartolo 3, dove, da poco, ufficiava Máximo B. Namnetes, maître à penser costituzionale di tutta la tribù. Julio, per non sentirsi solo, era tornato a Ferreñafe e aveva ripreso la libreria; e a far salotto con Don Mario. Non solo: Alejandro Figueredo, padre pellegrino della Santajusta, faceva il peripatetico per le strade del quartiere, alla ricerca di un senso. E' un vecchio amico; e, per non deprimerlo, mi guardavo bene dal confidargli che ci provavo da tredici anni.

Gira tu che giro anch'io, scoprì Plaza de los Héroes e la libreria. Il sodalizio criminoso diventò associazione per delinquere e la piazza un Triangolo delle Bermude: aveva fissato il campo base in un appartamento nello stabile di zio Bernardino, quello con i parapetti dei balconi in plexiglas verde smeraldo. E presto sarebbe arrivato anche mio padre.

Dalla vetrina, vedevo lui, Julio e Don Mario tramare; sapevo che, da qualche parte, c'era anche Haya e mi bastava. Lo vedevo poco e sempre in giacca e cravatta, come a quel ciclo di conferenze sull'etica nella pubblica amministrazione, organizzato da lui, al quale io e Sanjuán avevamo partecipato. Eravamo gli unici avvocati presenti. Mais si.

In compenso, il suo alter ego non si faceva mai mancare un giretto nella mia nuova casa; soprattutto d'estate, col caldo e nessuno in giro, per avere il mio parere sui nuovi arrivi della cineteca. Erotica, ça va sans dire. Io facevo finta di non esserci, ma lui entrava lo stesso. Oppure m'intercettava, quando schizzavo in diagonale sulla piazza e mi trascinava dentro il locale equivoco, dicendo che era per il mio bene: "se no ti dimentichi come si fa". Mi prendeva in giro, quando registrava le mie reazioni, noia ed imbarazzo, serio, più del monarca della fortezza?

A parte la corvée, mi piaceva la sua compagnia; e finivamo per girarci di traverso sul divano e parlar d'altro, mentre sullo schermo scorrevano peripezie vietate ai minori.

Il mio socio aveva altro da fare: era diventato amico di Andrés La Gatta, il coiffeur, incidentalmente fratello minore e, dicevano i suoi familiari, degenere, del trentenne che m'insidiava quando ero minorenne; e infine leader de "Os Estrangeiros": un folto gruppo di musicisti, vestiti un po' a grullo, che si esibivano nel loro repertorio criollo tutti i mercoledì, alle dieci di sera, tanto per cambiare in Plaza de los Héroes, sulla scalinata lignea della Defensoría del Pueblo, col consenso dell'avente diritto, nonché seconda arpa, Antonio Pardo Montse, successore del mitico Felipe Vinatea.

Sanjuán si era unito a loro; e trascinò me e Celedoni nella mischia, come del resto aveva fatto, e non poteva essere altrimenti, con la squadra di rugby delle vecchie glorie. Un vulcano, l'Ernesto. Islandese, aggiunge qualcuno.

"Solo per pochi intimi", ripeteva La Gatta; mi ricordava le defunte pubblicità del brandy. Ma gli intimi di quaranta componenti, senza contare l'intero collettivo femminista, che usciva dalla riunione settimanale e ci raggiungeva, mia figlia in testa, sono mezza provincia. Don Mario se ne compiaceva, arrivando in piazza nel bel mezzo del concerto; prima di entrare in bottega, ci lanciava un saluto al quale il tonsore, all'acme dell'ammirazione, rispondeva con un plateale inchino, senza interrompersi.

E Don Mario fece riemergere, in me, la citazione ereditata dalla professoressa di lettere dei tempi dell'altro La Gatta: *"Les gens heureux n'ont pas d'histoire"*. Ancora lungo la diagonale della piazza, correvo con una borsa in ogni mano e la toga attorcigliata al collo, verso il torpedone che mi avrebbe portato ad un'udienza fuori città. Lui usciva, e mi rideva dietro: "Geoffroy, quando cambi mestiere?".

Insomma, ancora long fleuve tranquille, e non è detto che sia una fortuna; fino al giorno in cui un'intimazione di sfratto, proveniente dall'attiguo vescovado, del quale erano pertinenza gli studi della radio, centrò Leonardo.

Un episodio dirompente, prima d'allora, c'era stato: il

licenziamento disciplinare di mio padre dall'agenzia di stampa, francese, dove lavorava; la reintegrazione giudiziale e trionfale; il pensionamento per raggiunti limiti d'età e, udite udite, l'acquisto della quota della madre di Julio nella libreria, troppo spesso chiusa in assenza dell'artista. Traslocò accanto a casa mia, in Heliantos, in quel tugurio che diventò una reggia a colpi di bricolage, la sua vera vocazione; e, naturalmente, fece amicizia con Don Mario, il cui campionario filmico, ahimè, rimase di mia esclusiva competenza.

Leonardo scelse, per parlarmi dei suoi problemi, il momento sbagliato nel posto sbagliato: al mio primo ed ultimo raduno di ex alunni dell'Henri IV, al quale aveva costretto me e Fred a partecipare, quello del venticinquesimo anniversario del diploma; e nel bel mezzo di un coup-de-foudre, regolamentare, questa volta, dal quale non mi sono ancora rimesso.

Avevo diciotto anni, o poco meno, e, come Paul-Henri vi avrà sicuramente detto, il trentenne mi insidiava. Ebbene, non c'era solo lui: c'era anche un piccoletto, che seguiva i corsi di francese del pomeriggio, al mio stesso banco, e mi lasciava messaggi scritti a matita sulla formica; era venuto a salutarmi all'aeroporto, prima che m'imbarcassi per la Francia, perché mio padre aveva deciso di sottrarmi alle insidie.

Ecco: rivedevo quel ragazzo, capivo tutto, anche se con lieve ritardo; e un'energia che non ho mai avuto la faccia tosta, o il coraggio, di chiamare amore, ma che dura senza cedimenti da quattro anni, mi spingeva verso di lui.

Era Rodolfo, Rudy, Pautrat, aspirante giornalista all'inizio degli anni '80, proprietario di un café-théatre a Nizza nel XXI secolo. Paul vedeva in lui una brutta copia di Julio, come avrebbe visto una mia brutta copia nel nuovo compagno di quest'ultimo. Manco fossimo a Happy Days... Ai miei occhi, un solo difetto, ma di taglia: è di destra. Adiacenze Le Pen.

Arrivai comunque ad intendere, quel giorno, che per la radio non c'era niente da fare; Leonardo e Fred dovevano cercare un'altra sede. Il che non ci impedì, e non impedì a tanti nostri coetanei, compreso Marcelo!, di fare quello che avevamo sempre sognato, ma che il coattume degli anni '80 ci aveva impedito:

un'occupazione dei locali per solidarietà, il che mi consentì, tra l'altro, d'introdurmi abusivamente nel sacco a pelo di Rodolfo. A meno che non sia stato lui a introdursi nel mio.

Agli ecclesiastici la cosa non faceva né caldo né freddo. Ma neppure a quanti credevo compagni; a parte Figueredo, che si confermava il touche-à-tout di sempre e che, per il momento, si limitava a fare il vivandiere, con regolari consegne di casse del "vino delle mie terre", come diceva.

Alla vigilia dell'udienza di convalida, Marcelo si mise in testa di andare a tirare la giacca al sindaco, che, a suo dire, era dei nostri: il concetto, col passare degli anni, era diventato molto più ampio e molto più confuso. Credo intendesse dire che costui aveva la sua stessa tessera di un partito floreale. E democristiano.

Il mio scetticismo non fece da anestetico alla rabbia quando, alle dodici, ventinove e trenta secondi, ci indicarono la porta.

Carlos ci vide uscire e venne verso di noi.

- Che succede, avvocati...

- Quegli stronzi dell'amministrazione...

Gli servimmo la scena di disinteresse e seccatura reciproca, gli sbadigli trattenuti del primo cittadino, pure tanto amico di Marcelo, ai tempi non troppo remoti dell'ultima campagna elettorale. Io, in ossequio alla nostra tradizione, avevo votato per qualcun altro.

Lui scoppiò in una gran risata, facendo incazzare ancor di più l'ingenuo biancofiore.

- Adesso, non vi rimane che provarci all'assemblea dell'Alianza, sabato prossimo... - e ognuno per la sua strada.

Ormai, l'assemblea semestrale mi interessava per il lato folkloristico e bon enfant; ci andavo come a un cocktail; ma esistono ancora, i cocktail? E mi esibivo in un'Alianza Pride a due: io e Celedoni, prima di prendere il malecón, giravamo in uniforme per il parque Sandoval, sotto casa nostra.

E mentre mi pavoneggiavo, dolorosamente conscio della mia fesseria, pensavo alle parole di Haya. E perché no? C'era una specie di duplex, nello scatolone a due piani, con ampia vetrata, che, nella mania di grandezza di mio nonno, o del costruttore, era sfitto da trent'anni. Su misura per Leonardo e per la sua, di mania di grandezza: avrebbe potuto fare lo studio con vista sulla strada, come le radio americane che si vedono nei film di Spike Lee; o, più modestamente, sul parcheggio.

Ma, tra un'occupazione e l'altra, tra il sacco a pelo mio e lo scooter da tecnocrate di Rudy, non avevo preparato la mozione. E non contavo su Marcelo: per lui, la battuta era solo una battuta. Entrando dal parcheggio "come i professionisti", amano dire i socios dilettanti, ebbi tuttavia la certezza che quel pezzo di sede stava chiamando il mio antico compagno di scuola.

Arrivato nella sala, vidi per prima Maia, che aveva fondato, in reazione ai tentativi di putsch del passato, la sezione pro sailing, o giù di là: chiedete al coinquilino, io non ci capisco niente; in uniforme, uguale alla nostra, salvo la gonna.

Sanjuán, l'Alianzista nato, aveva segnato i nostri posti con degli enigmi che non ci premurammo di risolvere, e sedemmo a casaccio. Autentico Capricorno col senso del dovere, finito di disporre i cartellini, programmava gli interventi. Quando si decise a raggiungerci, si fece spazio tra me e Celedoni e annunciò "Haya Villadáliga si è iscritto a parlare".

Non mi ero neanche accorto della sua presenza, mimetizzato com'era in terza fila, e tutto intento a studiare l'incartamento del bilancio appena ricevuto dalle mani di Marcelo che, prendendosi molto sul serio, registrava le presenze; e voleva mandare via Julio, che era diventato da poco dei nostri, per far contento Paul, ma aveva dimenticato a casa la tessera. Lo salvò il nonno, che stava salendo in cattedra con parte del consiglio direttivo: Fabrice Lézard, sempre più acido, nonché ibrido di Julio Iglesias e Alberto di Monaco; e mio cugino Claudio Benavides, altro mio coinquilino: da qualche anno usurpava, nella casa di Heliantos, la stanza, sfitta, della domestica, per scrivere un libro in santa pace. Armato della sua infallibile risata asinina, prese sottobraccio il mio ex e lo portò in tribuna, salvandolo dal controllore. Nessuno è perfetto. Salvo forse Sanjuán. Ero a casa.

Dopo l'esame e l'approvazione del bilancio che, come nelle

migliori famiglie, pardon, democrazie, richiese alcune ore, ce ne andammo a pranzo. Per noi furono du' spaghi in cucina. Al rientro, Carlos Haya Villadáliga prese la parola.

Molto tranquillo. Molto incazzato. Mi guardava così, quando era venuto a cercarmi, nel 1996. Adesso sapevo che non ce l'aveva con nessuno, ma intendeva ricordare a tutti il rispetto di un paio di principi, o valori che dir si voglia.

E ci riuscì, con qualche mormorio di disapprovazione tra gli atleti, che, disse, non erano esonerati dai loro doveri di solidarietà, né potevano ignorare l'importanza della cultura nella vita di ognuno, col pretesto che, secondo un luogo comune, non usavano molto il cervello.

Lo avessi detto io, sarei stato defenestrato. A calci nel sedere.

La radio, proseguì, stava per chiudere e sarebbe stata una catastrofe: una voce in meno, un ennesimo colpo alla libertà di espressione.

- La mia proposta è che la polisportiva adibisca a studi i locali vuoti, nell'ala sud della sede. E, se necessario, costituisca una società nella quale l'Alianza abbia soltanto poteri di gestione, conservando l'indirizzo attuale in capo a Leonardo Gracias e Federico Forcellini-. Mostrò una specie di faldone giudiziario, che perse alcuni fogli -Ho preparato, con Marcelo Chacha - con Marcelo?!?- un progetto, che metto a disposizione dell'Alianza; e chiedo che la mozione venga messa ai voti.

Sanjuán, e chi se no, scattò dalla sedia e raccolse i fogli caduti, per andare a restituirli all'oratore che, guardandomi, bisbigliò qualcosa.

- Dice che è stanco di lavorare al posto tuo. E di telefonare a Leonardo.

-Ernesto, prendi posto e votiamo – annunciò il nonno, ma fu travolto dalla standing ovation dell'intera assemblea, gli anziani più rumorosi di tutti: mancavano solo i campanacci. Cercai invano, con lo sguardo, Haya. Era sparito. Stavamo approvando una mozione senza il suo primo firmatario. Il Don Mario doveva aver assunto un nuovo prestigiatore.

Traslocammo alla luce del sole. Diego mise a disposizione della Radio il furgone del ristorante e le sue braccia. Leonardo si dava arie da artista isterico e faceva perdere la pazienza a tutti, non solo a Fred, in vantaggio su di noi di diversi anni. Ad ogni carico se la prendeva con il primo che gli capitava perché, secondo lui, non maneggiava le attrezzature con la necessaria cautela, avesse in mano il mixer o il cestino della carta straccia. Figueredo, a scanso di guai, da vivandiere si era autopromosso supervisore. Dal notaio sarebbe venuto anche lui; e la nuova società avrebbe adottato la sigla SANP: Santajusta, Alianza, No Prayer.

Stavo per tirare in testa al boss il mio fardello, nella fattispecie una pila di duecento cd vergini, ma lo slancio mi fece sbattere contro Rodolfo, che arrivava in senso inverso, e che approfittò delle sue mani vuote per prendersi un passaggio su di me. Decisi che avrei fatto di lui un uomo onesto, benché entrambi fossimo contrari al matrimonio in generale, senza distinzione di sesso, di razza, di lingua, di religione, e al nostro in particolare.

-Cielo, mio marito! - esclamai, e ancora così lo saluto, quando lo incontro per la strada.

Con questo non si giunga alla conclusione che Julio persisteva nel suo status di cornuto e mazziato. Il venerdì precedente il trasloco, Enrique Berenguer Stoll, Fiscal del Estado presso il Tribunale di Ferreñafe, nonché accusatore in una causa per pubblicazioni oscene nella quale difendevo il mio antico ragazzo e la sua libreria, vedendomi in corridoio, mi aveva fatto segno di entrare nel suo ufficio, per annunciarmi che si sarebbe astenuto ed avrebbe assegnato il fascicolo ad un collega.

-E perché? - Mi aveva fulminato con il suo sguardo severo e alienato, col quale aveva fatto crollare più di un criminale.

- Sto uscendo con l'imputato.

Mi trattenni a fatica dal rotolarmi sotto la scrivania dalle risate. E, nello stesso tempo, friggevo di gelosia, malgrado gli anni passati e i trascorsi. Avevo vinto un rivale postumo.

Uscivo dal Palazzo. La strada era ostruita da un camion, le solite consegne delle undici del mattino. Dall'altra parte del budello, Carlos. Mi feci da parte, à tout seigneur tout honneur;

dopo una democratica esitazione, passò per primo e mi diede un abbraccio, dicendo che era contento per me. Perché? Per la SANP? Per come me l'ero cavata negli ultimi quattordici anni? Per aver trovato un nuovo amico a Julio?

Ed io, dopo quell'abbraccio, fui il grasso adulto responsabile più felice del creato. Per almeno tre giorni.

Habla el pueblo: Habla Fred Forcellini.

Tutto questo è molto bello, caro Geoffroy, ma non basta. Le riserve indiane non bastano. Ho cercato di farlo capire, per vent'anni, a Leonardo. Una specie di matrimonio, anche il nostro. E anche Campo del Oro, anche l'Alianza, sono riserve indiane. La loro struttura non è molto diversa dalle compagnie da calcetto che sono sempre state il modo di mettersi insieme della cittaduzza e che ci danno tanto fastidio. Certo, le nostre sono aperte, ma non sempre e non a chiunque, le altre sono blindate. Ma non è una grande differenza. E non è neanche "stare nel mondo", secondo me. Solo, e neanche troppo, stare a Ferreñafe. O, peggio, a Campo del Oro.

Leonardo sospettava che volessi trasferire la radio nella capitale. E invece, per me, il fatto di emettere dalla provincia, per il mondo intero, adesso che c'è la web radio, o, più modestamente, per tutto l'Arcipelago, era una grande conquista.

Ero io, non Radio NP4TD, ad aver bisogno di mare aperto, di libertà. Avevo appena compiuto quarant'anni e sentivo ogni mattina la frustrazione: lo stesso paesaggio, lo stesso mestiere...

Il nuovo regime autoritario di Leonardo non era così nuovo, per me; e non ho neanche mai avuto difficoltà a farlo ragionare. Litigi si, tanti: per lui, l'ultimo che gli esprime simpatia ha ragione. E ottiene una rubrica. Sa scegliere le persone, ma a scoppio ritardato. E queste tenzoni quotidiane non mi portavano da nessuna parte.

Ogni mattina, aprivo le finestre su un panorama desolato, col rischio, se mi sporgevo troppo, di finire nella pentola del vicino a testa in giù, perché lei m'insegna, avvocato, che le distanze legali si aggirano facilmente, dichiarando di costruire un unico immobile e poi frazionandolo.

Questo basti a descrivere l'atmosfera che mi consumava; e non ero disposto a fregarmene, né a subirla. Né a far subire la mia insoddisfazione agli altri: rischiavo di passare la mia vita a scontrarmi con Leonardo, o con mia moglie, o col vigile all'incrocio: non contate su di me!

Sono scappato in Francia. Nei posti più grulli: la Costa Azzurra e Parigi. Come un qualsiasi benestante americano degli anni '50, di quelli che, quando frequentavamo l'Henri IV, infestavano i nostri televisori e i romanzi rosa. Mi sono riempito di paesaggi del tutto differenti da quelli che avevo trangugiato fino allora. Ho comprato una casa. Ho collocato un tavolino sul balcone. Mi sono seduto, ho preso la penna in mano. E non usciva niente.

Mi rifiuto di pronunciare ancora quel tuo frusto proverbio. È che quello dello scrittore non è un mestiere-vacanza. Leonardo dice che sono solo uno che se la tira da scrittore. Può dire quello che vuole. Come te, del resto. Da quarant'anni.

Prima o poi troverò qualcosa da dire anche sulla Francia. Per il momento, sono giunto a un compromesso: raccolgo i miei argomenti in giro per l'Arcipelago; a Ferreñafe, se cerco una trama nichilista, ma la cosa mi appassiona sempre meno: la mia educazione americana, termine che preferisco a "imperialista", mi ispira storie di lotta dura e a lieto fine; o, almeno, con l'uscita dal tunnel che si scorge, nel finale. La mia educazione cinematografica, la commedia drammatica italiana, mi pone, come obiettivo, Nino Manfredi che esce dal tunnel, in "Pane e Cioccolata": un uomo combattuto che conserva la sua dignità. Per la cronaca, non pretendo di averlo mai raggiunto, l'obiettivo. Ma qui scrivo, sempre, la prima stesura.

Le questioni di stile, tra Nizza e Parigi, credibile quanto un personaggio degli ultimi film di Woody Allen, volgare imitazione, come te, che tutti i venerdì, giri per la cittaduzza con una mazzetta di giornali, fingendoti intellettuale di sinistra.

Leonardo se ne è fatto una ragione. Lui che fa le cose

in grande ed è arrivato alla volgare imitazione collettiva: della compagnia di amici, dinosauro sociale ancora sperimentato da certi cinquantenni nostalgici. Farà entrare qualcun altro nel club, salvo venire a piangere da noi se è uno che pensa solo ai cazzi suoi e si siede alla sua tavola per ricavare più ampi vantaggi.

E io, per sempre, presenterò il notturno di Radio NP4TD; per nostalgia e per i tre mesi all'anno che passo da queste parti. E il mio saluto sarà, com'è sempre stato, "Dal Vostro Affezionatissimo Federico Forcellini".

CAPITOLO DECIMO

Les gens heureux n'ont pas d'histoire. Si addormentano e diventano dei bei conformisti.

Rudy, ordunque, e grazie a Rudy avevo trovato Nizza, la mia casa. Da allora, entre dos tierras: lavoro, interessi e parte della famiglia nell'Arcipelago; a qualche ora di viaggio, lui e la Costa Azzurra; e il senso di libertà che mi ha sempre trasmesso la Francia, da quando mi lanciavo, adolescente, lungo Boulevard Exelmans, adesso lungo Avenue de la République. Conflitto che non ho risolto, come mi fa notare l'Ernesto Nazionale: da sette anni farnetico di chiedere il permesso di soggiorno forense nella République Française. Principe consorte del fascistone, grazie no: rassegnato a che mi esibisca, neanche fossi un levriero afgano, quando passeggiamo per la Vila Vieja; ma c'è un limite a tutto. Entre dos tierras. Più che mai.

Pericoloso errore, abbandonarsi all'immobilità. Ero caduto in una specie di latenza: tutto mi sembrava dovuto, nulla mi appariva dato. Non andavo nemmeno all'Assemblea. Delegavo il coinquilino. Reagivo a poco. Solo a Rudy. E a Nizza. Il ragazzo riusciva anche a svegliarmi un po'. Sarei tornato un grasso adulto responsabile, ma ci sarebbe voluto del tempo, e persino il tentativo, da parte dei membri di una setta, forse religiosa, ma non ne sono sicuro, di attirarmi nel loro santuario. Ma questa è un'altra storia.

Mentre smarrivo me stesso, il mondo ritrovava la crisi economica. Mi vien da concordare con quegli studiosi che sostengono che è sempre la stessa da quarant'anni. Personalmente, non erano grossi sacrifici, sebbene la mia accetta facesse giustizia di riviste giuridiche, viaggi, interventi puramente estetici del dentista e, ci è mancato poco, anche di Celedoni, che non esce dal centro commerciale, il sabato mattina, prima di aver speso tutte le sue entrate settimanali, come un tempo gli operai si bevevano la paga. Per fortuna è un bravo ragazzo.

Non so cosa tagliassero gli altri fortunati. So che, nel mio studio, e per diversi anni, sarebbe passato un gran numero di disoccupati, esodati, cassintegrati, alcuni realisti, molti disperati; e qualche risentito-reclamante, come li chiama Attali. Uno mi è rimasto impresso: riusciva a farsi cacciare da tutti i posti di lavoro che la moglie, del tipo di quelle che sopportano, riusciva a trovargli. Ogni tanto lo mandava da noi, perché impugnassimo il suo ennesimo licenziamento o forse perché gli facessimo la predica. E lui sedeva di fronte a noi, radioattivo di razzismo, perché il lavoro lo danno solo agli stranieri, né lui voleva dar soldi agli avvocati; il polso adorno di uno di quei monili da fustino di detersivo e più cari dell'oro, recante l'incisione "onnipotente". Non aggiungo altro.

Avrei incontrato Carlos, come sempre in queste stagioni, solo per la strada. E Don Mario, non molto di piú; solo quando la noia estiva lo spingeva verso casa mia, per l'abituale cineforum del cavolo.

Nel frattempo, di ben altra tragedia stiamo parlando, assistevamo allo sterminio delle sale cinematografiche, una alla volta, stile film con Morgan Freeman, con le vittime ricomposte in sale bingo, parcheggi, o, raccapriccio, studi legali.

L'ultima, la più ampia, resisteva, ospitando, ogni tanto, un congresso sindacale o una gita delle pentole; ma il proprietario, insospettabile assassino di tutte le altre, pure sue, minacciava di abbatterla, se non fosse riuscito a reggere la concorrenza del multiplex a venti chilometri dal centro. Ma era un subdolo, maniacale inganno: pur sapendo di non poter sottrarre all'ecomostro i suoi coatti di spettatori, costui si ostinava a copiarne la programmazione. Anni dopo, Il Luigi, una delle occasioni perdute di questa plana desolata, si sarebbe messo a proiettare film non proprio di cassetta in una nuova multisala, soddisfacendo la domanda al posto suo; l'ormai vecchio boss avrebbe capito la lezione e salvato l'ammiraglia, imitandolo sfacciatamente.

Questo per il cinema. A teatro non andavo piú: da quando avevo ricevuto il programma del Nacional di Ferreñafe, nel quale Cejón, secondo alcuni comico demenziale, secondo me parole a vanvera e gusto del pecoreccio, veniva contrabbandato come grande artista.

Per quel che ne sapevo, all'inizio del XXI secolo, a Ferreñafe, lo svago piú comune era, appunto, il centro commerciale, dove mi trascinava Celedoni; e subivo uno choc anafilattico, alla vista di quella massa aliena, con gli occhi fuori dalle orbite, di fronte all'elettrodomestico in voga e le mani lunghe per percuotere i malcapitati infanti, che osavano distogliere i genitori da siffatta adorazione.

E veniamo al pruriginoso. El Antorchón non aveva smesso di farne il suo fond de commerce, soprattutto nelle pagine di cronaca. Per quanti non facevano notizia, era molto piú facile, e meno a rischio di pettegolezzo, accendere il televisore, inserire il DVD, navigare in internet, per i piú moderni, esercitarsi in casa con l'aiuto delle mogli, piú o meno consenzienti e, al bisogno, rivolgersi a capannoni e rotatorie di periferia. E meno costoso.

Il Don Mario era caro. E per forza. E, ad instar di molte ditte, un bel giorno, un bel giorno per i bigotti, fu costretto ad ammainare bandiera. Me lo aspettavo da tempo. Da quando, suonando con Os Estrangeiros, guardavo verso l'ingresso del café-théâtre e non entrava nessuno. Il comunicato ufficiale ce lo lesse La Gatta, facendosi trovare, una mattina presto, davanti al nostro portone.

-Ha deciso: chiude la stagione e non riapre. Certe lacrime, ieri sera: non si riusciva a truccare nessuno. Tula, le girls, il mago... Don Mario certo che no. - Sottolineò il fan numero uno.

Ma nemmeno per lui doveva essere un momento di euforia, pensammo io e Julio, quando, quel pomeriggio, fu evidente che marcava visita anche in Plaza de los Héroes. Restammo dietro al bancone della libreria, in silenzio; mio padre e Figueredo, vestiti come due spie d'oltrecortina ed altrettanto festanti, passarono in fretta e si allontanarono dopo una fulminea occhiata oltrevetrina. Cos'altro fare, del resto? Mettersi a recitare la litania degli artisti incompresi e soli al mondo, ma con per unico scopo quello di grattare qualcosa dall'impresario?

Ero stato cosí felice, secoli prima, di incontrare quel fumettaro faccia di bronzo di Julio! E si, ancora, l'avvocaticchio tombé du nid dans un champ de mouron lo capiva al primo sguardo!

- Andiamo.

C'era un solo posto dove potevamo trovarlo: lo stabilimento balneare abbandonato, già demanio militare, appena doppiata Punta Manzana, l'ultimo scoglio del sedicente golfo; ci serviva, e ci serve tuttora, da club degli incazzati: lo aveva inaugurato Antonio Pardo Montse, che aveva la pittoresca abitudine, quando una delle amministrazioni dalle quali ci difendeva la faceva proprio grossa, di mettersi a sbraitare da solo, dovunque si trovasse, anche in strada, anche in pubblico. Per mantenere il minimo di decoro, da quando era nella cittaduzza, saltava sul BMW, attraversava il golfo in cinque minuti netti, si fiondava dentro il recinto e dava fuori di matto in santa pace.

Lo stesso stava facendo il nostro uomo, che in quel momento non era né Don Mario né Carlos, ma, ancora una volta, il pensionato in maniche di camicia a quadrettini verdi che io e Celedoni, trolley al seguito, avevamo incontrato alla stazione dei Greyhound, l'anno prima; quando avevo capito che era lui, ero già lontano.

Seduto a gambe incrociate su un rottame di lettino. In silenzio. Ognuno sbraita come sa. Lo sguardo severissimo, come ogni volta in cui pensava al nostro paese, alle sue insulsaggini, all'incapacità, giuridica, va da sé, di uscire dal torpore. Fissava il mare e non dava mostra di essersi accorto del nostro arrivo.

- Carlos...- sussurrò Julio; ed io, all'unisono: - Don Mario...

Si voltò, seccato.

-Ragazzi, niente lagne. Tutto finisce.

Il che non lo esaltava neanche un po'. Io e Julio prendemmo posto sul rottame arrugginito accanto al suo, e cominciammo a sparare rimedi. La joint venture con Figueredo, ad esempio... Lui rideva e scuoteva la testa.

Dei passi pesanti sulla sabbia ci avvertirono dell'arrivo di Leonardo; il pensionato non mostrò la minima sorpresa, quando gli si piantò davanti.

-Ciao.

-Ciao.

Un rapido scambio, come tra un dealer e il suo cliente. Dal taschino della camicia uscirono dei foglietti e una chiavetta USB, che finirono nella mano di Leonardo, che gli consegnava una seconda chiavetta.

-Ciao.

-Ciao.

Io e Julio ci guardammo, interrogativi.

-Vedete, ho già trovato altro da fare. Concluse, tranquillo, prima di dare una pacca sulla spalla al mio amico e scomparire dietro la devastata rete di recinzione.

Cercai di far cantare Leonardo, ma, per la prima volta in vita sua, era una sfinge.

Qualche settimana dopo, lasciai lo studio nel primo pomeriggio, proclamando "Da domani solo marchi, brevetti e proprietà intellettuale!", come sempre quando sono stanco di affrontare cause disgraziate, nel merito come nella forma.

Arrivato a casa, mi gettai sul letto, senza curarmi di togliere le scarpe simil-inglesi e, meccanicamente, accesi una delle tre radio sullo scaffale che mi fa da comodino.

Riconobbi immediatamente la voce disincantata di Carlos Haya Villadáliga. Dava consigli a un giovane ascoltatore sull'uso dei sex toys. Pubblicità.

Dopo, l'annuncio: "Cosas de Amores con Don Mario", replica esatta, anche nel titolo, di un'identica trasmissione di una radio privata francese, che si poteva ascoltare alla stessa ora, sulle onde lunghe, ma presentata da una ex pornostar, con la collaborazione di sessuologi, psicologi ed altri esperti.

Telefonai immediatamente al numero diretto di Leonardo, fregandomene e strafregandomene di eventuali "on the air" lampeggianti, e mi imposi come difensore della radio, nell'imminente causa per plagio e conseguenziale pignoramento della lingerie.

Ma il nostro infimo Arcipelago passa inosservato da secoli. E sto ancora aspettando.

Tula tornò alla sua biblioteca. Le bellezze piumate, con i buoni uffici di Andrés La Gatta, che faceva il brushing anche ai televisionari locali, furono ingaggiate come coriste in una trasmissione di balli e canti tradizionali; la giubba rossa e Arcadio entrarono nelle fila della security di un centro commerciale appena aperto e il mago fondò una cooperativa che allestiva feste per bambini.

Ma non ho detto che vissero tutti felici e contenti.

Habla el Pueblo: Habla Maia.

Non esagero: temevo davvero, quella mattina che entrò nel parcheggio dell'Alianza col suo macchinone, che Haya Villadáliga ci riempisse i campi sportivi di militari. Ma che ne potevo sapere? Quello che si diceva in giro: che regnava sulla Fortaleza, quel maniero che ci rassicurava quando, di ritorno da una trasferta, adesso da una regata, attraccavamo al molo più vicino.

Ma Geoffroy, che, piú di me, è sensibile ai portatori, piú o meno sani, di un *je ne sais quoi* , lo aveva capito subito, dalla prima volta, in Plaza De Armas. Non c'era niente da temere, protestava. Aveva ragione.

Ogni tanto, lui e Marcelo andavano nella biblioteca della fortezza a fare ricerche; dai manifesti in Avenida de Los Cien, vedevo che Haya metteva a disposizione lo sterminato cortile per opere teatrali, concerti di musica classica o, estrema concessione, dei nostri due migliori cantautori. Senza partecipare al siparietto iniziale, la noiosissima cerimonia dei saluti, dove ogni dignitario pensa di essere il protagonista della serata; e che può durare quanto l'intero spettacolo, tra gli sbadigli del pubblico dotato di spirito critico e l'allegra rassegnazione degli invitati al seguito. Lui sedeva sempre in terza o quarta fila, se ne aveva voglia. Se no, lasciava le chiavi a un sottoposto e andava a casa.

Era socio dell'Alianza, non si era mai candidato a nessuna

carica, la sua stessa discrezione lo faceva dimenticare. Ogni tanto riappariva, per salvare Radio NP4TD, o l'Alianza, ma col cabaret non ci era riuscito.

Su Don Mario, ho ancora qualche perplessità: non per la classe sociale, ma per l'enormità del contrasto tra le due figure. Ma mi hanno quasi convinto: e mi è diventato ancora più simpatico.

Morto un torneo di burraco organizzato da una dama di San Vincenzo, spunta una patronessa di "Save The Frogs", ad organizzarne un altro. Ma una scommessa contro la noia, come quella, con le sue cortine e il suo neon rosso, non poteva avere successori.

Siamo condannati, ogni giorno, a vagonate di banalità, di uomini e donne che si comportano tutti secondo lo stesso sistema operativo. Ci nuotiamo dentro; i piú abili, come me, ci fanno sopra il surf; ed è una gran fatica. Ci consoliamo con le insegne rosse, gli strumenti musicali e gli amici.

Per questo, provai una tenace delusione, quando mi recai a una jam session di "Os Estrangeiros" e, nella piazza, c'era qualcosa che non andava; capii, poi, che si trattava dell'insegna spenta e delle cortine rialzate. Avevamo fatto un passo in piú verso l'appiattimento, che dev'essere qualcosa di simile alla linea d'orizzonte: non si raggiunge mai.   Ma ce l'abbiamo sempre davanti. O sulle scatole.

Feci finta di niente, per non dare soddisfazione a Geoffroy.

CAPITOLO UNDICESIMO

Ancora calma piatta, ancora per qualche anno. La solita vita, per tutti, a parte un po' di politica; buttata là, poiché non si poteva fare altrimenti.

Il partito, che ormai aveva perso la P maiuscola. Andavo in sezione, ogni mercoledì, con Enrique Berenguer Stoll, il mio rivale postumo, sospetto figuro: un magistrato di sinistra era ancor meno concepibile, agli occhi dei presenti, di un ufficiale di marina titolare di locale equivoco. Ci accompagnava Celedoni: da ex palazzinaro, a quarant'anni ne aveva viste più di noialtri in tre o quattro vite, e si annoiava con un ghigno disincantato.

Non si concludeva granché. Un commento all'attualità di qua, una raccolta di firme che più anodina non si può di là, il tutto innaffiato da battute terra terra, razziste o omofobe; "vai, vedi e raccontaci alla prossima riunione", era la risposta standard del segretario se qualcuno, di solito Enzo, cercava di attirare l'attenzione su un problema locale, ad esempio un'impresa in crisi a Campo del Oro e relativa proposta di presidio.

Oltre alla noia, le riunioni fabbricavano infelici o cercavano di mantenere tali quanti avevano il bisogno, cosciente o meno, di aggrapparsi a qualcosa. Sapete, quelli che impagliano la loro settimana col partito, poi l'oratorio, poi il parco dei divertimenti e infine l'acquavite, come quella volta in cui il piccolo padre perse le chiavi e la riunione si tenne al bar di sotto: il tempo di bere un sorsetto del mio ouzo e i giacobini erano già al terzo giro.

Ci eravamo montati la testa, costituzionalmente parlando. Avevamo, nientemeno, la pretesa di contribuire a determinare la politica nazionale! Per di piú con metodo democratico!

Berenguer è scappato per primo. Di lì a poco, sono tornato anch'io al mio piccolo cabotaggio di inizio secolo, coronato, per reazione, dall'iscrizione a un corso di salsa-merengue-bachata.

Da allora, siamo due anarchici individualisti. E ce ne

vantiamo, come sanno i Testimoni di Geova che, per questa ragione, si vedono negare l'ingresso in casa mia.

Ne parlo, oggi, perché il ricordo di una di quelle sere mi ha aiutato a comprendere, o forse mi ha dato una conferma, sulla fine di Carlos Haya Villadáliga.

Nell'estate di quell'anno, la laurea di Paul. Con trasferta di tre quarti del clan, nonno compreso, nella capitale, e partenza di massa per la prima e finora ultima vacanza tribale, a Cagnes-sur-Mer; divertente, ma talmente vorticosa che, al ritorno, provai un autentico sollievo nel sentirmi arpionare da Don Mario, in Plaza de los Héroes, salvo piantarlo dopo un quarto d'ora e schizzare a casa per saltare addosso a Rudy.

E poi era arrivato l'autunno, la stagione più deprimente, per me, le giornate che si accorciano, gli occhi che si riempiono di lacrime per dolori veri o presunti.

Avevo perso l'abbronzatura, della quale andavo tanto fiero, vecchio coatto che sono, messo l'impermeabile e ripreso la professione, tentando di difendere il solito immigrato che, in quanto tale, pagava tre o quattro volte più dei cittadini, al netto della famosa aggravante. Ja, Ja: nel nostro ordinamento, un reato, qualsiasi reato, è aggravato per il solo fatto di essere commesso da uno straniero. Elle est pas belle, la vie?

Sicché, deprecavo la scelta di Paul, che si era autoproclamato mio praticante, una simpatica tradizione. E, in cambio, pretendevo che accompagnasse me e Sanjuán in tutte le trasferte, ivi comprese le più perigliose: quelle nella capitale, davanti al Tribunal Supremo!

Ed eccoci tutti e tre a costeggiare le mura della Fortaleza, vicino all'attracco. Un'auto sportiva sgomma a pochi centimetri dalle mie caviglie, e s'incanala nel parcheggio riservato. L' "A 'stro'..." si blocca a mezz'aria: il conducente è Haya Villadáliga.

Un Haya preoccupante, pensavo, salendo sul traghetto. Dietro di me saliva la Gringa, ricomparsa con la crisi e dimentica del vecchio detto: "Dopo due anni, si consolano anche i vedovi".

Quanto era diverso, quel vecchio, da Carlos e da Don Mario! Il che non sembrava sconvolgere la garzona, che aveva ancora voglia di fare la cretina, malgrado il ringhiare sommesso di mio figlio, ogni volta che guardava dalla nostra parte. Io avevo la testa altrove. Non me ne vanto, ma mi rassicura.

Due settimane dopo, una mattina di garúa, pioggerella-umidità che suscitava nel grande bardo *"un dulce malestar de enero a enero y un estarse muriendo todo el año"*, andavo in studio, come sempre guardando il mare, da Paseo de la República.

Sapete che non sono abituato a comprare il giornale locale. La saracinesca del coiffeur, come ogni lunedì, era abbassata. Non feci caso neppure al mio socio, al quale lanciai un saluto frettoloso, prima di entrare nella cosiddetta stanza di rappresentanza, dove ricevevamo i clienti: ero in ritardo e dentro c'era già una tizia.

E mi chiedo ancora se abbia fatto apposta a farsi trovare col giornale spiattellato sulla mia scrivania e col titolo a nove colonne che avrebbe giustificato, per un paio di giorni, l'esistenza dell'infido responsabile della cronaca nera.

Così venni a sapere che Carlos Haya Villadáliga era stato assassinato, la sera prima, sulla porta di casa sua, rincasando dal lavoro. Il cronista farneticava di uno straniero trovato in possesso del suo orologio.

Non capivo niente, non volevo capire niente; né la faccia di Sanjuán, né quello che mi diceva la tizia, né il campanello che suonava e poneva fine all'incontro; finché non mi accorsi che era Julio, che veniva ad abbracciarmi e a farsi abbracciare. Ero contento che avesse scelto me. Mi sono arreso.

Passai con lui tutto il giorno; in silenzio, come Leonardo, Marcelo, mio nonno, Tula e altri che lo avevano conosciuto.

Solo dopo il funerale ho deciso di capirci un po' di più. Uscivamo dalla cattedrale, io, Julio, Marcelo e altri dei nostri; a pochi metri, alla nostra sinistra, dietro una colonna del palazzo di giustizia, La Gringa seguiva il passaggio del corteo con un sorriso beffardo. Coerente con sé stessa. E inqualificabile. Mi vietai di commentare. Ma cominciai a riflettere. Per non avere la stessa opinione di me stesso.

Accanto a me, Sanjuán, che mai aveva messo piede nella sede del nostro o di qualsiasi altro partito, lasciò cadere una di quelle illazioni, tipiche di quando muore una persona cara. "se non si fosse trovato incastrato tra quelle due manifestazioni, forse sarebbe ancora vivo". Risposi con un mugugno, per rassicurarlo sulla mia attenzione.

Ma ci ripensai la sera dopo, quando mi trovai a leggere la becera risposta a un articolo di Haya sull'unità della Repubblica, opera di un campanilista locale, trombone come da copione, membro del partito che vuole bombardare le zattere degli immigrati clandestini.

E allora ricordai quell'episodio di qualche sera prima del mio disimpegno: in sede, si preparava una manifestazione, a favore o contro vattelappesca, da svolgersi in concomitanza di altro corteo, eguale e opposto, sullo stesso percorso e in senso inverso. Complimenti al virtuoso delle ordinanze prefettizie.

La preparazione non consiste, come qualche ingenuo potrebbe pensare, nella pittura di cartelli, stendardi e striscioni, compito al quale mi sarei sottratto o, al massimo, sottoposto svogliatamente; bensì nell'aizzare le teste molli contro gli avversari. Le teste molli in questione, un paio, reagivano positivamente allo stimolo. Io e Celedoni li guardavamo esterrefatti ed Enzo, lui si, sano di mente, cercava di dissuaderli con tutta la diplomazia di cui era capace.

Inquietante. L'illazione di Sanjuán veniva promossa ad ipotesi.

Ma sarebbero passati due anni: il tempo, per Berenguer, di subentrare al titolare delle indagini, colto da un'improvvisa crisi mistica.

Il terrificante pubblico ministero avrebbe fatto liberare l'immigrato, solo uno sciacallo, e incriminato due partecipanti ai due opposti cortei, che quella sera si stavano menando tra di loro, ai giardinetti tra Avenida de los Cien e Plaza de Armas finché non avevano visto passare Mario e si erano coalizzati per dare una lezione, uno al paladino dell'unità nazionale, l'altro al rappresentante della borghesia. Vi risparmio ogni considerazione su ragione e mostri.

Passata la garúa, ero andato a consolarmi a Nizza, con

Rudy, mentre il "Don Mario" veniva sottratto a un destino ancora piú disonorevole di quello di "locale equivoco": quello di residence per studenti fuori sede. Lo aveva rilevato Figueredo per conto della Santajusta. I soldi li avrà rubati. Per ora abbiamo visto solo conferenze e mostre, scartate dalla Municipalidad e dai circuiti stampati. Sospetto che, degli spazi rimanenti, il mio ex boss voglia fare la sede distaccata della cooperativa. Comprenderete il mio terrore, visto il disastro della succursale di San Bartolo. "Certo, dopo il trasferimento a Ferreñafe di un asso come te...".

Rientrato alla base, Tula de la Cruz mi convocò alla Revista. La trovai più incazzata che mai ma, per una volta, io non c'entravo: il nuovo direttore era nientemeno che quel trombone tutto paternalismo e autocompiacimento del tenente Verdugo del Mécanográfico, che aveva scambiato, finalmente, il camice con la divisa, e, a sentire lei, anche con le medaglie. Forse esagerava un po'.

Come biasimarla? Tempo dopo, avrei degustato anch'io il numero per il quale era diventato famoso: il coccodrillo del predecessore, ammuffito, di circostanza, e sotto sotto sollevato di essersi liberato di lui.

Esaurita la diffamazione, Tula mi consegnò una busta celeste chiaro. Il mittente era "Carlos Haya Maradona". Il destinatario, "Jean-Paul Geoffroy II".

Come l'allusione al Pibe de Oro lasciava intendere, dentro c'era il famoso diamante. E uno dei suoi biglietti scritti in verde "Ci vediamo dopo, cialtrone. Haya".

Mi sembrava di sentirlo ridere; e portai la mano all'angolo dell'occhio, per cogliere quella lacrima che ancora non avevo versato. Misi il gioiello, io che non ne avevo mai portato uno, promettendo a me stesso che ne sarei stato degno. Di Carlos Haya Villadáliga e di Don Mario. Leggevo, tuttavia, nello sguardo della signora, che al suo capo donava molto di piú. Non discuto.

Mi lasciai scivolare fuori della Fortezza, un po' imbarazzato per i bagliori che dovevo emanare e interrogandomi sulla vastità del compito.

Sotto i bastioni, a un tavolino del bar, Marcelo, pronto a

riportarmi sulla Terra, mi faceva cenno di raggiungerlo.

Crollai sulla sedia di plastica rossa. L'amico, collega e democristiano fingeva di non vedere il nuovo ornamento, ma gli veniva da ridere, come nelle rare volte in cui giochiamo a carte e gli tocca una buona mano.

-Tutta invidia, Marcelo. - lo smascherai - ma non dirmi che Haya, a te, non ha lasciato niente.

E sembravamo due rimbambiti che guardano salpare i traghetti, ma eravamo concentrati nell'inventario dell'eredità.

Habla El Pueblo: Habla Jean-Paul Geoffroy.

Cosa ho imparato, da tutto questo?

Ho fatto conoscenza con una società come l'Alianza. Ho ammirato persone come mio nonno, Maia, Marcelo e Celedoni, quando ci si è messo, con tutt'altro stile, ma con identica sostanza. Ma non era la mia vita. Posso raccontare quello che voglio e pedalare quanto voglio: il mio attrezzo ginnico preferito rimane il televisore. Continuo a passeggiare, ammirato, intorno agli impianti sportivi, massime da quando c'è anche Radio NP4TD. Ah, Campo del Oro! Sanjuán si è anche messo a fare il separatista, e presiede un comitato che si è prefisso l'obiettivo di farla diventare un comune autonomo.

Neanche il lavoro, nel quale mi ha trascinato Marcelo, doveva essere la mia vita, eppure mi ci trovo meglio. Vai a sapere perché. Ma solo tra quelli come me, dei bravi padri di famiglia che non disdegnano lo ius e quello di buono che c'è intorno: l'incontro, il caffè, la chiacchierata. Et plus si affinités.

Pedalo lungo il Malecón, tra Plaza de los Héroes ed Heliantos, con la bicicletta rossa che ho raccattato, la borsa che mi ha regalato mio padre, il trench che non so a chi ho fregato, il diamante che ho ereditato, di ritorno da un lavoro che mi è caduto addosso.

Mi piace pensarmi un mammifero come tanti, immerso nella natura, basta guardare a destra di quell'ecomostro che porta l'insegna "Muebles Inverno"; anonimo, piuttosto soddisfatto di come se l'è cavata, da quando è stato paracadutato a Ferreñafe ad oggi. E molto più sicuro, da quando so di non essere al riparo da nulla.

Questo ho imparato. E, dalla morte di Haya, che le persone non sono immortali. Oggi ci sono; senza pensarci, siamo convinti che ci saranno sempre, che li vedremo ogni volta in quella piazza o in quel corridoio, che c'è sempre tempo per incontrarli e stare con loro. E invece no. Non perdiamo tempo.

Come un ragazzino, faccio la barba alla fontana di Parque Sandoval, poi torno sulla ciclabile, fingendo di ignorare il secondo ecomostro, il grande albergo con vista sul mare che disegna una X lungo una skyline che non ne sentiva alcun bisogno; e pensare che mi sono lamentato per anni dello sterrato e della palizzata che lo hanno preceduto, simbolo di decadenza. Speriamo che non ci arrivi, in omaggio, il centro commerciale.

Arrivo all'incrocio con Heliantos, faccio per alzare il braccio, poi ci ripenso, mi fermo un attimo. A sinistra, la mia residenza. All'orizzonte, la polisportiva. Dietro di me, Plaza de los Héroes, Ferreñafe. Che posso ritrovare subito, basta fare dietro front. Ma non dovrò contarci troppo. E, con leggero ma persistente rimpianto, giro verso la casa di mattoni che provvisoriamente mi ospita.